# GEORGES SIMENON

# WEIHNACHTEN BEI DEN MAIGRETS

Aus dem Französischen von
Hansjürgen Wille, Barbara Klau
und Bahar Avcilar

Mit einem Nachwort von
Dror Mishani

K
A
M
P
A

Die französische Originalausgabe erschien 1951 unter dem Titel
*Un Noël de Maigret* im Verlag Presses de la Cité, Paris.
Die deutsche Erstausgabe erschien 1962 unter dem Titel
*Maigret und der Weihnachtsmann* im Verlag
Kiepenheuer & Witsch, Köln.
Die Übersetzung wurde von Bahar Avcilar
grundlegend überarbeitet.

*Mehr Informationen über die Simenon-Gesamtausgabe:*
*www.kampaverlag.ch/simenon*

*Für den Blick hinter die Verlagskulissen:*
*www.kampaverlag.ch/newsletter*

**KAMPA POCKET**
**DIE ERSTE KLIMANEUTRALE TASCHENBUCHREIHE**
Gedruckt auf säurefreiem und chlorfrei gebleichtem Papier
zur Unterstützung verantwortungsvoller Waldnutzung,
zertifiziert durch das Forest Stewardship Council. Der
Umschlag enthält kein Plastik. Kampa Pockets werden
klimaneutral gedruckt, kampaverlag.ch / nachhaltig informiert über das unterstützte CO2-Kompensationsprojekt.

Veröffentlicht im September 2022 als Kampa Pocket

Covergestaltung: Lara Flues, Kampa Verlag
Coverabbildung: Mathieu Persan © Kampa Verlag
Satz: Tristan Walkhoefer, Leipzig
Gesetzt aus der Stempel Garamond LT / 220130
Druck und Bindung: GGP Media GmbH, Pößneck
Auch als E-Book und als Hörbuch bei DAV
ISBN 978 3 311 15525 6

**www.kampaverlag.ch**

# 1

Es war jedes Mal das Gleiche. Beim Zubettgehen hatte er geseufzt:

»Morgen schlafe ich aus.«

Und Madame Maigret hatte ihn beim Wort genommen, als hätten die Jahre sie nichts gelehrt, als wüsste sie nicht, dass sie solchen Bemerkungen keinerlei Bedeutung beimessen durfte. Auch sie hätte ausschlafen können. Sie hatte keinen Grund gehabt, früh aufzustehen.

Und doch dämmerte es erst, als er hörte, wie sie sich behutsam zwischen den Laken bewegte. Er rührte sich nicht und zwang sich, tief und regelmäßig zu atmen wie jemand, der schläft. Das Ganze glich einem Spiel. Es war rührend, wie sie mit der Behutsamkeit eines Tieres zur Bettkante rückte und nach jeder Bewegung innehielt, um sich zu vergewissern, dass er nicht aufgewacht war. Es gab einen Augenblick, auf den er immer gespannt wartete – wenn sich die Sprungfedern des Bettes, vom Gewicht seiner Frau befreit, mit einem leisen Seufzer ausstreckten.

Sie nahm ihre Kleider vom Stuhl, brauchte eine

Ewigkeit, bis sie den Knauf der Badezimmertür gedreht hatte, und dann endlich, in der sicheren Entfernung der Küche, erlaubte sie sich, sich normal zu bewegen.

Er war wieder eingeschlafen. Nicht tief, nicht für lange. Jedoch lange genug für einen verworrenen und bewegenden Traum. Es gelang ihm später nicht mehr, sich daran zu erinnern, aber er wusste, dass es bewegend gewesen war, und befand sich in einer weicheren Stimmung.

Ein bleicher, harter Lichtstrahl drang zwischen den Vorhängen hindurch, die sich nie ganz zuziehen ließen. Er blieb noch eine Weile auf dem Rücken liegen, die Augen geöffnet.

Der Kaffeeduft drang zu ihm, und als er die Wohnungstür sich öffnen und schließen hörte, wusste er, dass Madame Maigret in aller Eile hinuntergegangen war, um warme Croissants für ihn zu holen.

Er aß morgens nie etwas, sondern trank nur schwarzen Kaffee. Aber auch das war ein Ritual, eine Idee seiner Frau: An Sonn- und Feiertagen musste er bis zum späten Vormittag im Bett bleiben, und sie holte ihm Croissants an der Ecke der Rue Amelot.

Er stand auf, schlüpfte in seine Pantoffeln, streifte seinen Morgenmantel über und zog die Vorhänge auf. Er wusste, dass er damit einen Fehler beging, dass sie betrübt sein würde. Er wäre zu großen Opfern bereit gewesen, um ihr eine Freude zu machen, aber er konnte nicht im Bett bleiben, wenn er dazu keine Lust mehr hatte.

Es schneite nicht. Es war lächerlich, dass er, ein Mann von über fünfzig Jahren, enttäuscht war, weil an einem Weihnachtsmorgen kein Schnee fiel, aber ältere Leute sind nie so vernünftig, wie junge Leute glauben.

Der dichte, tiefhängende und grässlich weiße Himmel schien schwer auf den Dächern zu lasten. Auf dem Boulevard Richard-Lenoir war keine Menschenseele zu sehen, und die Inschrift über der großen Toreinfahrt auf der anderen Straßenseite wirkte pechschwarz: *Entrepôts Legal, Fils et Cie*. Das E sah, Gott weiß warum, traurig aus.

Er hörte seine Frau wieder in der Küche hin und her gehen, auf Zehenspitzen ins Esszimmer schleichen, weiterhin darauf bedacht, leise zu sein. Sie ahnte nicht, dass er am Fenster stand. Er sah auf seine Uhr auf dem Nachttisch und stellte fest, dass es erst zehn nach acht war.

Am Abend zuvor waren sie ins Theater gegangen. Sie hätten gern, wie alle anderen, anschließend in einem Restaurant einen Happen gegessen, aber sämtliche Tische waren für das Festessen reserviert gewesen, und so waren sie Arm in Arm nach Hause gegangen. Es war kurz vor Mitternacht, als sie ankamen, und sie hatten nicht lange warten müssen, bis es Zeit für die Bescherung war.

Eine Pfeife für ihn, wie immer. Für sie das neueste Modell einer elektrischen Kaffeemaschine, die sie sich gewünscht hatte, und, traditionsgemäß, ein Dutzend feingestickter Taschentücher.

Gedankenverloren stopfte er seine neue Pfeife. Einige Häuser auf der anderen Seite des Boulevards hatten Fensterläden, andere nicht. Kaum jemand war schon wach. Hier und dort brannte noch Licht, wahrscheinlich, weil die Kinder in aller Frühe aufgestanden waren, um gleich zum Weihnachtsbaum und ihren Spielzeugen zu stürzen.

Sie würden zusammen in ihrer gemütlichen Wohnung einen friedlichen Vormittag verbringen. Maigret würde lange im Morgenmantel herumtrödeln, ohne sich zu rasieren, und sich in der Küche mit seiner Frau unterhalten, während sie das Mittagessen zubereitete.

Er war nicht traurig. Aber sein Traum, an den er sich immer noch nicht erinnern konnte, hatte ihn in einem Zustand der Überempfindlichkeit zurückgelassen. Vielleicht war es gar nicht der Traum, sondern das Weihnachtsfest. Man musste an diesem Tag vorsichtig sein, musste seine Worte genau abwägen, so wie Madame Maigret ihre Bewegungen überdacht hatte, ehe sie aus dem Bett gestiegen war. Auch sie war an diesem Tag rührseliger als sonst.

Nein! Nicht daran denken. Nichts sagen, was sie daran erinnern könnte. Nicht zu oft auf die Straße blicken, gleich, wenn die Kinder sich dort ihre neuen Spielzeuge zeigten.

In den meisten Häusern lebten Kinder, wenn nicht gar in allen. Man würde helle Trompetentöne, Trommeln und Pistolen hören. Kleine Mädchen wiegten schon ihre Puppen in den Armen.

Einmal, vor ein paar Jahren, hatte er leichthin gesagt:

»Warum sollten wir Weihnachten nicht mal eine kleine Reise machen?«

»Und wohin?«, hatte sie mit ihrer unerschütterlichen Vernunft geantwortet.

Zu wem hätten sie fahren sollen? Sie hatten nicht einmal Angehörige, die sie besuchen konnten, außer ihrer Schwester, die aber zu weit weg wohnte. In einer fremden Stadt in einem Hotel oder irgendwo auf dem Land in einem Gasthof absteigen?

Ach was. Es war Zeit, dass er seinen Kaffee trank, und danach würde er wieder auf der Höhe sein. Bevor er seine erste Tasse Kaffee getrunken und seine erste Pfeife geraucht hatte, war ihm nie wohl in seiner Haut.

Genau in dem Augenblick, als er nach dem Knauf griff, öffnete sich die Tür leise, und Madame Maigret erschien mit einem Tablett. Sie sah das leere

Bett und blickte ihn enttäuscht an, als wollte sie im nächsten Augenblick anfangen zu weinen.

»Du bist schon aufgestanden!«

Sie sah frisch aus, war frisiert und hatte eine saubere Schürze umgebunden.

»Ich hatte mich so darauf gefreut, dir dein Frühstück ans Bett zu bringen!«

Hundertmal hatte er ihr behutsam begreiflich zu machen versucht, dass das für ihn kein Vergnügen war, dass es in ihm das Gefühl weckte, krank oder gebrechlich zu sein. Trotzdem blieb ein Frühstück im Bett für sie der Inbegriff eines Sonn- oder Feiertags.

»Möchtest du dich nicht wieder hinlegen?«

Nein! Das würde er nicht fertigbringen.

»Na gut, dann ... Frohe Weihnachten!«

»Frohe Weihnachten! ... Bist du mir böse?«

Sie waren im Esszimmer. Auf einer Tischkante stand das silberne Tablett mit der dampfenden Kaffeetasse und den goldbraunen Croissants, die in eine Serviette gehüllt waren.

Er legte seine Pfeife ab und aß ihr zuliebe ein Croissant, allerdings im Stehen, und sagte, während er hinausblickte:

»Es schneit ein wenig.«

Es war kein richtiger Schnee, der da vom Himmel fiel, mehr ein feiner weißer Staub, und Maigret dachte daran, wie er als kleiner Junge die Zunge ausgestreckt hatte, um ein paar solcher Flöckchen aufzufangen.

Sein Blick blieb an der Tür des Hauses gegenüber, links neben den Lagerhallen, haften. Zwei Frauen kamen gerade ohne Hut heraus. Die eine von ihnen, eine Blonde von etwa dreißig Jahren, hatte sich einen Mantel über die Schultern geworfen, ohne in die Ärmel zu schlüpfen, während die andere, die älter war und dunkelhaarig, einen Schal umgelegt hatte.

Die Blonde schien zu zögern und war nahe daran, wieder umzukehren. Die Dunkelhaarige, die sehr klein und sehr mager war, bestand darauf weiterzugehen, und Maigret war es, als deutete sie auf die Fenster seiner Wohnung. Im Türrahmen hinter ihnen erschien die Concierge. Offenbar kam sie der Mageren zu Hilfe. Schließlich entschloss sich die blonde junge Frau, die Straße zu überqueren, nicht ohne sich noch einmal besorgt umzudrehen.

»Was siehst du?«

»Nichts ... Frauen ...«

»Was tun sie?«

»Sieht so aus, als kämen sie hierher.«

Denn beide blieben mitten auf dem Boulevard stehen und blickten zu ihm hinauf.

»Man wird dich doch hoffentlich nicht am Weihnachtstag belästigen. Ich bin ja noch gar nicht mit dem Haushalt fertig.«

Das hätte niemand bemerkt, denn außer dem Tablett stand nichts herum, und auf den polierten Möbeln lag kein einziges Staubkorn.

»Bist du sicher, dass sie hierherkommen?«

»Nun, wir werden sehen.«

Für alle Fälle würde er sich kämmen, die Zähne putzen und sich das Gesicht waschen. Er zündete sich gerade seine Pfeife an, als es an der Wohnungstür klingelte. Madame Maigret war wohl recht abweisend, denn es dauerte eine ganze Weile, bis sie zu ihm ins Schlafzimmer kam.

»Sie wollen dich unbedingt sprechen«, flüsterte sie. »Sie behaupten, es sei vielleicht wichtig, und sie bräuchten einen Rat. Ich kenne die eine der beiden.«

»Welche?«

»Die kleine Magere. Mademoiselle Doncœur. Sie wohnt in der gleichen Etage wie wir im Haus gegenüber und arbeitet den ganzen Tag am Fenster. Sie ist eine sehr anständige Frau, die für ein Geschäft am Faubourg Saint-Honoré feine Stickereien anfertigt. Ich habe mich schon gefragt, ob sie in dich verliebt ist.«

»Warum?«

»Weil sie so oft aufsteht und dir nachschaut, wenn du das Haus verlässt.«

»Wie alt ist sie?«

»Zwischen fünfundvierzig und fünfzig. Ziehst du keinen Anzug an?«

Hatte er nicht das Recht, sich im Morgenmantel zu zeigen, wenn er an einem Weihnachtsmorgen um halb neun in seiner Wohnung gestört wurde? Dennoch zog er eine Hose an und öffnete die Tür zum Esszimmer, in dem die beiden Frauen standen.

»Entschuldigen Sie, Mesdames …«

Vielleicht hatte Madame Maigret sogar recht. Mademoiselle Doncœur errötete nicht, sie wurde leichenblass, lächelte erst, blickte dann ernst, lächelte von Neuem und öffnete schließlich den Mund, ohne ein Wort herauszubringen.

Die Blonde dagegen war verstimmt, aber gefasst.

»Ich wollte nicht herkommen.«

»Möchten Sie sich setzen?«

Er bemerkte, dass die Blonde unter ihrem Mantel ein Hauskleid trug und keine Strümpfe anhatte, während Mademoiselle Doncœur angezogen war, als wollte sie sich zur Messe begeben.

»Sie fragen sich vielleicht, woher wir die Kühnheit nehmen, uns an Sie zu wenden«, begann Mademoiselle Doncœur, wobei sie um Worte rang. »Wie jeder im Viertel wissen wir natürlich, mit wem wir als Nachbar die Ehre haben …«

Jetzt errötete sie leicht und starrte auf das Tablett.

»Wir halten Sie von Ihrem Frühstück ab.«

»Ich war schon fertig. Worum geht es?«

»Es hat sich heute Morgen oder vielmehr heute Nacht etwas so Merkwürdiges in unserem Haus ereignet, dass ich es für unerlässlich hielt, Ihnen davon zu erzählen. Madame Martin wollte Sie nicht stören. Ich habe ihr gesagt …«

»Wohnen Sie auch gegenüber, Madame Martin?«

»Ja, Monsieur.«

Man merkte ihr an, dass sie zu diesem Schritt gezwungen worden war. Mademoiselle Doncœur dagegen kam allmählich in Schwung.

»Wir wohnen auf derselben Etage, genau gegenüber Ihrer Wohnung.« (Sie errötete aufs Neue, als wäre das ein Geständnis.) »Monsieur Martin ist oft auf Geschäftsreise, er ist nämlich Handelsvertreter. Seit zwei Monaten liegt die kleine Tochter der Martins wegen eines dummen Unfalls im Bett.«

Höflich wandte sich Maigret der Blonden zu.

»Sie haben eine Tochter, Madame Martin?«

»Eigentlich ist sie nicht unsere Tochter, sondern unsere Nichte. Ihre Mutter ist vor etwas mehr als zwei Jahren gestorben, seitdem lebt das Kind bei uns. Sie hat sich auf der Treppe das Bein gebrochen. Wenn es keine Komplikationen gegeben hätte, wäre sie nach sechs Wochen wieder gesund gewesen.«

»Ihr Mann ist im Augenblick nicht in der Stadt?«

»Er müsste in der Dordogne sein«, fiel Mademoiselle Doncœur ein.

»Ich bin ganz Ohr, Mademoiselle Doncœur.«

Madame Maigret hatte einen Umweg durch das Badezimmer gemacht, um in die Küche zu gelangen. Man hörte sie mit Töpfen hantieren. Hin und wieder sah Maigret zum grauen Himmel.

»Heute Morgen bin ich wie gewöhnlich sehr früh aufgestanden, um zur ersten Messe zu gehen.«

»Sind Sie hingegangen?«

»Ja. Ich bin gegen halb acht zurückgekommen, da ich drei Messen besucht habe. Dann habe ich mir mein Frühstück gemacht. Sie hätten das Licht bei mir sehen können.«

Er gab ihr zu verstehen, dass er nicht darauf geachtet hatte.

»Ich wollte Colette möglichst schnell ein paar Süßigkeiten bringen, weil es für sie ein so trauriges Weihnachtsfest ist. Colette ist die Nichte von Madame Martin.«

»Wie alt ist sie?«

»Sieben. Nicht wahr, Madame Martin?«

»Sie wird im Januar sieben.«

»Um acht Uhr habe ich an die Wohnungstür geklopft.«

»Ich war noch nicht aufgestanden«, sagte die Blonde. »Ich schlafe manchmal ziemlich lange.«

»Ich habe also an die Tür geklopft, und Madame Martin hat mich einen Augenblick warten lassen, um sich einen Morgenrock überzuziehen. Ich hatte beide Hände voll und habe sie gefragt, ob ich Colette meine Geschenke überreichen dürfe.«

Er merkte, dass die Blonde sich währenddessen

genau umgesehen hatte im Zimmer, wobei sie ihm von Zeit zu Zeit einen misstrauischen Blick zuwarf.

»Wir haben zusammen die Tür zu ihrem Zimmer geöffnet.«

»Hat das Kind ein eigenes Zimmer?«

»Ja. Die Wohnung besteht aus zwei Schlafzimmern, einer Toilette, einem Esszimmer und einer Küche. Aber ich muss Ihnen sagen … Nein! Darauf werde ich später zurückkommen. Wo war ich stehengeblieben? … Ach ja, wir haben die Tür geöffnet. Da es im Zimmer dunkel war, hat Madame Martin das Licht angemacht.«

»War Colette wach?«

»Ja. Man sah gleich, dass sie schon lange nicht mehr schlief und wartete. Sie wissen ja, wie Kinder am Weihnachtsmorgen sind. Wenn sie sich nicht das Bein gebrochen hätte, wäre sie sicher aufgestanden, um zu sehen, was der Weihnachtsmann ihr gebracht hatte. Ein anderes Kind hätte vielleicht gerufen. Aber sie ist schon eine junge Dame. Man merkt, dass sie viel nachdenkt, dass sie für ihr Alter schon sehr weit ist.«

Madame Martin blickte jetzt ebenfalls aus dem Fenster, und Maigret versuchte zu erraten, welches ihre Wohnung war. Es musste die rechts sein, ganz am Ende des Hauses, wo zwei Fenster erleuchtet waren.

»Ich habe ihr fröhliche Weihnachten gewünscht«, fuhr Mademoiselle Doncœur fort, »und dann habe ich zu ihr gesagt:

›Schau nur, mein Liebling, was der Weihnachtsmann mir für dich gegeben hat!‹«

Madame Martins Finger zitterten und verkrampften sich.

»Aber wissen Sie, was sie mir geantwortet hat, ohne anzusehen, was ich ihr gebracht hatte – es waren übrigens nur Kleinigkeiten?

›Ich habe ihn gesehen.‹

›Wen hast du gesehen?‹

›Den Weihnachtsmann.‹

›Wann hast du ihn gesehen? Und wo?‹

›Hier, heute Nacht. Er ist in mein Zimmer gekommen.‹

Genau das hat sie doch gesagt, nicht wahr, Madame Martin? Bei einem anderen Kind hätte man darüber gelächelt, aber ich habe Ihnen ja gesagt, Colette ist schon eine junge Dame. Sie hat es ernst gemeint.

›Wie hast du den Weihnachtsmann sehen können, es war doch dunkel?‹

›Er hatte eine Lampe.‹

›Hat er das Licht im Zimmer eingeschaltet?‹

›Nein, er hatte eine Taschenlampe. Schau, Maman Loraine …‹

Ich muss Ihnen dazu sagen, dass die Kleine

Madame Martin Maman nennt, was ja ganz natürlich ist, da sie keine Mutter mehr hat und Madame Martin diesen Platz einnimmt ...«

Allmählich bekam Maigret Ohrensausen von all dem Gerede. Er hatte seine zweite Tasse Kaffee noch nicht getrunken. Seine Pfeife war soeben ausgegangen.

»Hat sie wirklich jemanden gesehen?«, fragte er zweifelnd.

»Ja, Herr Kommissar. Und darum habe ich darauf bestanden, dass Madame Martin mit Ihnen spricht. Wir haben einen Beweis dafür. Die Kleine hat mit einem verschmitzten Lächeln ihre Decke zurückgeschlagen. Neben ihr lag eine prächtige Puppe, die gestern noch nicht im Haus war.«

»Sie haben ihr keine Puppe geschenkt, Madame Martin?«

»Ich wollte ihr eine schenken, eine weniger schöne, die ich gestern Nachmittag in den Galeries Lafayette gekauft habe. Ich hielt sie hinter dem Rücken versteckt, als wir in das Zimmer gingen.«

»Das bedeutet also, dass heute Nacht jemand in Ihre Wohnung eingedrungen ist?«

»Das ist nicht alles«, beeilte sich Mademoiselle Doncœur zu sagen, die jetzt richtig in Fahrt war. »Colette ist ein Kind, das weder lügt noch sich täuscht. Wir haben sie ausgefragt, ihre Mutter und ich. Sie ist sicher, jemanden gesehen zu haben, der wie ein Weihnachtsmann angezogen war, mit weißem Bart und einem weiten roten Umhang.«

»Wann genau ist sie aufgewacht?«

»Sie weiß es nicht. Irgendwann in der Nacht. Sie hat die Augen geöffnet, weil sie glaubte, ein Licht zu sehen. Und es war tatsächlich ein Licht im Zimmer, es hat einen Teil des Fußbodens gegenüber dem Kamin erhellt.«

»Ich verstehe nicht, was das bedeuten soll«, sagte Madame Martin. »Vielleicht weiß mein Mann, was …«

Mademoiselle Doncœur riss das Gespräch erneut an sich. Man merkte, dass sie es gewesen war, die das Kind bis ins kleinste Detail ausgefragt hatte. So wie sie es auch gewesen war, die Maigret ins Spiel gebracht hatte.

»Der Weihnachtsmann, hat Colette gesagt, hockte sich hin und schien an etwas herumzuwerkeln.«

»Hatte sie keine Angst?«

»Nein, sie hat ihm zugeschaut. Und heute Morgen sagte sie uns, er habe versucht, ein Loch in den Fußboden zu bohren. Sie glaubte, er wollte durch das Loch zu den Leuten einen Stock tiefer hinuntersteigen, zu den Delormes. Die haben einen dreijährigen Jungen. Sie sagte noch, dass der Kamin ihm gewiss zu eng gewesen sei.

Der Mann muss sich beobachtet gefühlt haben. Anscheinend ist er aufgestanden, zum Bett gekommen, hat eine große Puppe daraufgesetzt und dabei den Finger auf den Mund gelegt.«

»Hat sie ihn hinausgehen sehen?«

»Ja.«

»Durch den Fußboden?«

»Nein. Durch die Tür.«

»In welches Zimmer führt diese Tür?«

»Sie führt direkt auf den Flur. Das Zimmer ist früher vermietet worden. Es ist zugleich mit der Wohnung und mit dem Treppenhaus verbunden.«

»War die Tür nicht abgeschlossen?«

»Natürlich war sie das«, fiel Madame Martin ein. »Ich würde das Kind doch nicht in einem Zimmer schlafen lassen, das nicht abgeschlossen ist.«

»Ist die Tür aufgebrochen worden?«

»Wahrscheinlich. Ich weiß es nicht. Mademoiselle Doncœur hat sofort vorgeschlagen, zu Ihnen zu gehen.«

»Haben Sie ein Loch im Fußboden entdeckt?«

Madame Martin zuckte genervt mit den Schultern, aber die alte Jungfer antwortete an ihrer Stelle:

»Man kann es nicht gerade ein Loch nennen, aber man sieht sehr deutlich, dass Dielen herausgehoben worden sind.«

»Sagen Sie, Madame Martin, haben Sie eine Ahnung, was sich unter diesen Dielen befunden haben könnte?«

»Nein, Monsieur.«

»Wohnen Sie schon lange in dieser Wohnung?«

»Seit meiner Heirat vor fünf Jahren.«

»Gehörte das Zimmer damals schon zur Wohnung?«

»Ja.«

»Wissen Sie, wer vor Ihnen dort gewohnt hat?«

»Mein Mann. Er ist achtunddreißig Jahre alt. Als ich ihn heiratete, war er schon dreiunddreißig und hatte eine eigene Wohnung. Er wollte sich zu Hause fühlen, wenn er von seinen Reisen nach Paris zurückkam.«

»Kann es sein, dass er Colette überraschen wollte?«

»Er ist sechs- oder siebenhundert Kilometer weit weg von hier.«

»Wissen Sie, wo genau?«

»Höchstwahrscheinlich in Bergerac. Seine Reisen werden im Voraus geplant, und es kommt selten vor, dass er sich nicht an den Reiseplan hält.«

»In welcher Branche arbeitet er?«

»Er ist Vertreter für Zenith-Uhren in Zentral- und Südwestfrankreich. Es ist ein bedeutendes Unternehmen, wie Sie sicherlich wissen, und er hat eine ausgezeichnete Stellung.«

»Er ist der beste Mann der Welt!«, rief Mademoiselle Doncœur und korrigierte sich dann errötend:

»Nach Ihnen!«

»Wenn ich Sie richtig verstehe, ist heute Nacht also jemand als Weihnachtsmann verkleidet bei Ihnen eingedrungen.«

»Die Kleine behauptet es.«

»Haben Sie nichts gehört? Liegen Ihr Schlafzimmer und das des Kindes weit auseinander?«

»Dazwischen ist nur das Esszimmer.«

»Lassen Sie die Verbindungstüren nachts nicht offen?«

»Das ist nicht notwendig. Colette ist nicht ängstlich, und gewöhnlich schläft sie durch. Wenn sie mich rufen will, kann sie eine kleine Kupferglocke benutzen, die auf ihrem Nachttisch steht.«

»Waren Sie gestern Abend aus?«

»Nein, Herr Kommissar«, erwiderte sie schroff und fast beleidigt.

»War niemand bei Ihnen?«

»In Abwesenheit meines Mannes empfange ich keine Gäste.«

Maigret warf Mademoiselle Doncœur einen Blick zu. Sie zuckte nicht mit der Wimper, was wohl bedeutete, dass das der Wahrheit entsprach.

»Sind Sie spät schlafen gegangen?«

»Gleich nachdem das Radio *Minuit, chrétiens* gespielt hatte. Bis dahin hatte ich gelesen.«

»Haben Sie nichts Ungewöhnliches gehört?«

»Nein.«

»Haben Sie die Concierge gefragt, ob sie einem Fremden die Tür geöffnet hat?«

Wieder mischte Mademoiselle Doncœur sich ein:

»Ich habe mit ihr gesprochen. Sie behauptet, nein.«

»Und heute Morgen fehlte nichts bei Ihnen, Madame Martin? Sie hatten nicht den Eindruck, dass jemand im Esszimmer gewesen war?«

»Nein.«

»Wer ist jetzt bei der Kleinen?«

»Niemand. Sie ist es gewohnt, allein zu sein. Ich kann nicht den ganzen Tag zu Hause sein. Ich muss auf den Markt gehen, Einkäufe erledigen …«

»Ich verstehe. Colette ist Waise, sagten Sie?«

»Ihre Mutter ist tot.«

»Ihr Vater lebt also noch? Wo ist er? Wer ist es?«

»Er ist der Bruder meines Mannes, Paul Martin. Wenn es aber darum geht, Ihnen zu sagen, wo er ist …«

Sie machte eine vage Geste.

»Wann haben Sie ihn zuletzt gesehen?«

»Das ist mindestens einen Monat her. Noch länger. Um Allerheiligen herum. Er beendete gerade eine neuntägige Klausur.«

»Pardon?«

»Da wir schon in Familiengeschichten herumwühlen, kann ich es Ihnen auch gleich sagen«, antwortete sie scharf.

Offenbar war sie wütend auf Mademoiselle Doncœur, die sie für die Situation verantwortlich machte.

»Der Lebenswandel meines Schwagers ist, vor allem seit dem Tod seiner Frau, nicht mehr tadellos.«

»Was wollen Sie damit sagen?«

»Er trinkt. Er hat schon vorher getrunken, aber nicht so übermäßig, dass er deswegen Dummheiten machte. Er hat regelmäßig gearbeitet. Er hatte sogar eine recht gute Stellung in einem Möbelgeschäft am Faubourg Saint-Antoine. Seit dem Unfall ...«

»Meinen Sie den Unfall seiner Tochter?«

»Ich spreche von dem Unfall, bei dem seine Frau ums Leben kam. Eines Sonntags hatte er sich in den Kopf gesetzt, das Auto eines Kollegen zu leihen und mit seiner Frau und dem Kind aufs Land zu fahren. Colette war noch ganz klein.«

»Wann war das?«

»Vor etwa drei Jahren. Sie fuhren zum Mittagessen in ein Gartenlokal in der Nähe von Mantes-la-Jolie. Paul konnte sich nicht zurückhalten und trank Weißwein, und der ist ihm dann zu Kopf gestiegen. Auf der Rückfahrt nach Paris sang er aus vollem Halse, der Unfall geschah unweit der Brücke von Bougival. Seine Frau war sofort tot. Er selbst erlitt einen Schädelbruch, und es ist ein Wunder, dass er mit dem Leben davongekommen ist. Colette blieb unverletzt. Seitdem ist er nicht mehr er selbst. Wir haben die Kleine bei uns aufgenommen, haben sie praktisch adoptiert. Er besucht sie hin und wieder, aber nur, wenn er halbwegs nüchtern ist. Danach trinkt er weiter …«

»Wissen Sie, wo er wohnt?«

Wieder eine vage Geste.

»Überall. Einmal haben wir ihn an der Bastille gesehen. Er sah aus wie ein Bettler und zog ein Bein nach. Manchmal verkauft er auch Zeitungen auf der Straße. Mademoiselle Doncœur kann das ruhig hören, denn leider weiß das ganze Haus Bescheid.«

»Glauben Sie nicht, dass er die Idee gehabt haben könnte, sich als Weihnachtsmann zu verkleiden, um seine Tochter zu besuchen?«

»Genau das habe ich auch zu Mademoiselle Doncœur gesagt. Sie hat trotzdem darauf bestanden, mit Ihnen zu sprechen.«

»Weil er ja keinen Grund gehabt hätte, Dielen herauszuheben«, entgegnete diese etwas bissig.

»Und wenn Ihr Mann schon früher nach Paris zurückgekommen ist und …«

»Ja, irgend so was wird es wohl sein. Ich bin auch nicht beunruhigt. Wäre Mademoiselle Doncœur nicht …«

Schon wieder! Sie hatte den Boulevard bestimmt nicht freiwillig überquert.

»Können Sie mir sagen, wo Ihr Mann aller Wahrscheinlichkeit nach abgestiegen ist?«

»Im Hôtel de Bordeaux, in Bergerac.«

»Haben Sie nicht daran gedacht, ihn anzurufen?«

»Es gibt kein Telefon im Haus. Nur die Leute in der ersten Etage haben eins, und die werden nicht gerne gestört.«

»Würde es Ihnen etwas ausmachen, wenn ich im Hôtel de Bordeaux anriefe?«

Sie stimmte erst zu, aber dann zögerte sie:

»Er wird denken, dass etwas passiert ist.«

»Sie können selbst mit ihm sprechen.«

»Ich rufe ihn gewöhnlich nicht an.«

»Möchten Sie lieber im Ungewissen bleiben?«

»Nein. Wie Sie wollen. Ich werde mit ihm sprechen.«

Er nahm den Hörer ab und ließ sich verbinden. Zehn Minuten später war er mit dem Hôtel de Bordeaux verbunden. Er reichte Madame Martin den Hörer.

»Hallo! Ich möchte bitte Monsieur Martin sprechen. Ja, Monsieur Jean Martin … Das macht nichts … Wecken Sie ihn.«

Sie legte die Hand auf den Hörer und erklärte:

»Er schläft noch. Man ruft ihn.«

Sie überlegte offenbar, was sie ihm sagen sollte.

»Hallo! Bist du's? … Wie? Ja, fröhliche Weihnachten! Ja, es geht uns gut … Colette geht es sehr gut … Nein, ich rufe nicht nur deswegen an … Aber nein! Nichts Schlimmes, mach dir keine Sorgen.«

Jede Silbe betonend, wiederholte sie:

»*Ich sage, mach dir keine Sorgen.* Es ist nur so, letzte Nacht ist etwas Merkwürdiges vorgefallen. Jemand ist als Weihnachtsmann verkleidet in Colettes Zimmer gekommen … Aber nein! Er hat ihr nichts getan. Er hat ihr eine große Puppe geschenkt … Ja, eine Puppe. Und er hat etwas am Fußboden gemacht … Er hat zwei Dielen herausgehoben und sie dann hastig wieder an ihren Platz gelegt. Mademoiselle Doncœur wollte, dass ich mit dem Kommissar von gegenüber spreche. Ich rufe dich aus seiner Wohnung an … Du verstehst es nicht? Ich auch nicht … Soll ich ihn dir geben? … Ich frage ihn.«

Und zu Maigret:

»Er möchte Sie sprechen.«

Maigret hörte eine angenehme Stimme am anderen Ende der Leitung, die Stimme eines Mannes, der besorgt war und offensichtlich nicht wusste, was er von der ganzen Sache halten sollte.

»Sind Sie sicher, dass man meiner Frau und der Kleinen nichts getan hat? Das ist wirklich unverschämt! … Wenn es nur die Puppe wäre, würde ich an meinen Bruder denken. Loraine wird Ihnen von ihm erzählen … Das ist meine Frau. Fragen Sie sie nach Einzelheiten … Aber er hätte sich nicht die

Mühe gemacht, Dielen herauszuheben ... Meinen Sie nicht, dass es das Beste wäre, wenn ich sofort zurückkomme? Ich könnte den Dreiuhrzug nehmen ... Wie bitte? ... Ich kann mich darauf verlassen, dass Sie auf sie aufpassen?«

Loraine griff wieder nach dem Hörer.

»Siehst du! Der Kommissar ist zuversichtlich. Er versichert, dass nicht die geringste Gefahr besteht. Es lohnt sich nicht, dass du deine Reise unterbrichst, gerade jetzt, da die Möglichkeit besteht, dass du nach Paris versetzt wirst.«

Mademoiselle Doncœur schaute sie unverwandt an, und es lag nicht viel Zärtlichkeit in ihrem Blick.

»Ich verspreche dir, anzurufen oder ein Telegramm zu schicken, wenn es etwas Neues gibt. Sie ist ruhig und spielt mit ihrer Puppe. Ich bin noch nicht dazu gekommen, ihr dein Geschenk zu geben. Ich gehe sofort zu ihr ...«

Sie legte den Hörer auf und sagte:

»Sehen Sie!«

Dann, nach kurzem Schweigen:

»Entschuldigen Sie bitte die Störung. Es ist nicht meine Schuld. Ich bin sicher, dass es sich nur um einen schlechten Scherz handelt, oder es war ein Einfall meines Schwagers. Wenn er getrunken hat, weiß man nie genau, was ihm durch den Kopf geht.«

»Sie rechnen nicht damit, dass er heute kommt, um seine Tochter zu sehen?«

»Das kommt darauf an. Wenn er getrunken hat, nein. Er ist sehr darauf bedacht, sich ihr in dem Zustand nicht zu zeigen. Wenn er kommt, will er so anständig wie möglich erscheinen.«

»Darf ich Sie um die Erlaubnis bitten, nachher ein wenig mit Colette zu reden?«

»Ich kann Sie nicht daran hindern. Wenn Sie glauben, dass es nützlich ist …«

»Ich danke Ihnen, Monsieur Maigret«, rief Mademoiselle Doncœur mit einem dankbaren und vertraulichen Blick.

»Das Kind ist so interessant! Sie werden sehen!«

Rückwärtsgehend gelangte sie zur Tür. Ein paar Augenblicke später sah Maigret die beiden nacheinander den Boulevard überqueren. Mademoiselle Doncœur ging dicht hinter Madame Martin her und drehte sich noch einmal um, um zur Wohnung des Kommissars hinaufzublicken. In der Küche brutzelten Zwiebeln. Madame Maigret öffnete die Tür und sagte sanft:

»Bist du zufrieden?«

Er durfte nicht einmal so tun, als verstünde er. Man ließ ihm an diesem Weihnachtsmorgen nicht die Muße, an das alte Ehepaar zu denken, das sie waren, ein altes Ehepaar, das niemanden hatte, den es verwöhnen konnte.

Es war Zeit, dass er sich rasierte, um Colette zu besuchen.

## 2

Mitten in seiner Morgentoilette, in dem Augenblick, da er seinen Rasierpinsel anfeuchtete, hatte er beschlossen zu telefonieren. Er hatte sich nicht die Mühe gemacht, seinen Morgenmantel überzustreifen. Er saß im Pyjama im Esszimmer, in *seinem* Sessel, nahe dem Fenster, und während er auf die Verbindung wartete, betrachtete er den Rauch, der langsam aus allen Schornsteinen aufstieg.

Das Läuten des Telefons am Quai des Orfèvres klang für ihn anders als das anderer Telefone. Und er glaubte, die großen, verlassenen Korridore zu sehen, die offenen Türen der leeren Büros und den Telefonisten, der Lucas anrief und ihm sagte: »Der Chef ist dran.«

Er fühlte sich ein wenig wie eine Freundin seiner Frau, deren höchstes Glück – das ihr fast täglich vergönnt war – darin bestand, den Vormittag hinter geschlossenen Fenstern und Vorhängen im sanften Licht einer Nachttischlampe im Bett zu verbringen und die eine oder andere ihrer Freundinnen anzurufen.

Wie, es ist schon zehn Uhr? Wie ist das Wetter? Es regnet? Und Sie waren schon draußen? Haben Sie Ihre Einkäufe gemacht?

So nahm sie am bewegten Treiben draußen teil, während sie sich nur noch behaglicher in ihr leicht verschwitztes Bett kuschelte.

»Sind Sie's, Chef?«

Auch Maigret hatte Lust, Lucas zu fragen, wer mit ihm Dienst hatte, was sie so trieben und wie es heute Morgen im Haus aussah.

»Nichts Neues? Viel Arbeit?«

»Fast nichts. Das Übliche ...«

»Könntest du versuchen, ein paar Erkundigungen für mich einzuziehen? Ich glaube, du kannst sie telefonisch bekommen. Besorg dir als Erstes die Liste der Häftlinge, die in den letzten beiden oder sagen wir lieber in den letzten drei Monaten entlassen wurden.«

»Aus welchem Gefängnis?«

»Aus sämtlichen Gefängnissen. Befass dich nur mit denen, die eine Strafe von mindestens fünf Jahren abgesessen haben. Versuch herauszubekommen, ob einer von ihnen irgendwann einmal am Boulevard Richard-Lenoir gewohnt hat. Hast du verstanden?«

»Ich notiere.«

Lucas war gewiss verblüfft, aber er ließ sich nichts anmerken.

»Noch etwas. Wir müssen einen gewissen Paul Martin ausfindig machen, einen Säufer ohne festen Wohnsitz, der sich oft im Viertel der Bastille herumtreibt. Nicht festnehmen, nicht behelligen. Finde heraus, wo er die letzte Nacht verbracht hat. Die Polizeireviere werden dir dabei helfen können.«

Im Gegensatz zu der Freundin seiner Frau war es ihm im Grunde peinlich, im Pyjama zu Hause in seinem Sessel zu sitzen, noch dazu unrasiert, und in die vertraute Umgebung hinauszublicken, in der sich nichts regte als der Rauch aus den Schornsteinen, während der tapfere Lucas am anderen Ende der Leitung seit sechs Uhr morgens im Dienst war und vermutlich schon seine Sandwiches ausgepackt hatte.

»Aber das ist noch nicht alles, mein Lieber. Ruf in Bergerac an. Im Hôtel de Bordeaux wohnt ein Handelsvertreter namens Jean Martin … Nein. Jean! Das ist nicht derselbe. Es ist sein Bruder. Ich möchte wissen, ob er gestern im Laufe des Tages oder nachts aus Paris angerufen worden ist oder ein Telegramm bekommen hat. Und außerdem, wo er den Abend verbracht hat. Das wäre alles, glaube ich.«

»Soll ich Sie zurückrufen?«

»Nicht sofort. Ich muss noch raus. Ich werde dich anrufen.«

»Ist in Ihrem Viertel etwas passiert?«

»Ich weiß es noch nicht. Vielleicht.«

Madame Maigret kam zu ihm ins Badezimmer, um mit ihm zu sprechen, während er seine Toilette beendete. Wegen der rauchenden Schornsteine zog er keinen Mantel an. Wenn man nämlich den aufsteigenden Rauch betrachtete, der sich allmählich im Himmel verlor, stellte man sich hinter den Fenstern überheizte Zimmer vor. Und er würde eine ganze Zeit in beengten Wohnungen verbringen, wo man ihn nicht auffordern würde, es sich bequem zu machen. Er zog es vor, nur mit dem Hut auf dem Kopf den Boulevard zu überqueren.

Das Haus gegenüber ähnelte dem, in dem er selbst wohnte. Es war alt, aber sauber und ein bisschen trist, vor allem an diesem grauen Dezembermorgen. Er vermied es, bei der Concierge stehen zu bleiben, die ihm etwas verärgert nachsah. Während er die Treppe hinaufstieg, wurden leise Türen geöffnet, und er hörte gedämpfte Schritte und Flüstern.

Im dritten Stock erwartete ihn Mademoiselle Doncœur schon im Flur – sie musste ihm vom Fenster aus aufgelauert haben. Sie war gleichermaßen verschämt und aufgeregt, als handelte es sich um das Rendezvous zweier Verliebter.

»Kommen Sie, Monsieur Maigret. Sie ist vor einer Weile weggegangen.«

Maigret runzelte die Stirn, was ihr nicht entging.

»Ich habe ihr gesagt, dass es nicht richtig sei. Dass Sie kommen würden und sie besser zu Hause bleiben solle. Aber sie hat geantwortet, sie habe gestern ihre Einkäufe nicht gemacht und nichts mehr im Haus. Und später seien die Geschäfte geschlossen. Treten Sie ein.«

Sie stand vor der hinteren Tür, die in ein ziemlich kleines, düsteres Esszimmer führte, das aber sauber und aufgeräumt war.

»Ich passe auf die Kleine auf, während sie weg ist. Colette freut sich darauf, Sie zu sehen. Ich habe ihr nämlich von Ihnen erzählt. Sie hat nur Angst, dass Sie ihr die Puppe wegnehmen.«

»Wann hat Madame Martin sich entschlossen, wegzugehen?«

»Gleich nachdem wir von Ihnen zurückgekommen sind. Sie hat sich sofort angezogen.«

»Hat sie sich zurechtgemacht?«

»Ich verstehe nicht, was Sie meinen.«

»Ich nehme an, dass sie sich für ihre Einkäufe im Viertel anders kleidet, als wenn sie in die Stadt geht?«

»Sie hat sich ziemlich rausgeputzt, mit Hut und Handschuhen. Ihre Einkaufstasche hat sie auch mitgenommen.«

Bevor Maigret sich um Colette kümmerte, ging er in die Küche, wo die Reste des Frühstücks herumstanden.

»Hatte sie gefrühstückt, bevor sie zu mir kam?«

»Nein. Dazu habe ich ihr keine Zeit gelassen.«

»Hat sie hinterher gefrühstückt?«

»Auch nicht. Sie hat sich nur eine Tasse Kaffee gemacht. Ich habe Colette das Frühstück gebracht, während Madame Martin sich anzog.«

Auf der Brüstung des Fensters, das auf den Hof hinausging, stand ein Vorratsschrank, den Maigret sorgfältig untersuchte. Er fand kaltes Fleisch, Butter, Eier und Gemüse darin. Im Buffet lagen zwei ganze Brotlaibe. Colette hatte Schokolade getrunken und dazu Croissants gegessen.

»Kennen Sie Madame Martin gut?«

»Nun, sie ist meine Nachbarin. Seit Colette das Bett hüten muss, sehen wir uns häufiger, weil sie mich oft bittet, ein Auge auf das Kind zu haben, wenn sie ausgeht.«

»Geht sie oft aus?«

»Ziemlich selten. Nur um einzukaufen.«

Als er hereingekommen war, war ihm etwas aufgefallen, was er nun zu fassen versuchte, es hatte mit der Atmosphäre zu tun, damit, wie die Möbel arrangiert waren, mit der Ordnung, die hier herrschte, oder auch nur mit dem Geruch. Als er Mademoiselle Doncœur ansah, wusste er, was es war, oder glaubte, es zu wissen.

Man hatte ihm vorhin gesagt, dass Martin die Wohnung schon vor seiner Heirat bewohnt habe.

Und obwohl Madame Martin nun schon seit fünf Jahren hier lebte, war es eine Junggesellenwohnung geblieben. Er deutete im Esszimmer auf zwei vergrößerte Porträtfotos, die links und rechts des Kamins hingen.

»Wer ist das?«

»Der Vater und die Mutter von Monsieur Martin.«

»Gibt es keine Fotografien von Madame Martins Eltern?«

»Ich habe sie nie von ihnen sprechen hören. Ich nehme an, sie ist Waise.«

Selbst dem Schlafzimmer fehlte es an Finesse, an etwas Weiblichem. Er öffnete einen Schrank. Neben sorgfältig aufgehängten Anzügen sah er Damenkleidung, vor allem Kostüme und schlichte Kleider. Er wagte nicht, die Schubladen zu öffnen, aber er war überzeugt, dass sie keinen Krimskrams enthielten, nichts von den wertlosen Kleinigkeiten, die Frauen normalerweise sammeln.

»Mademoiselle Doncœur!«, rief eine ruhige Kinderstimme.

»Gehen wir jetzt zu Colette«, sagte er.

Das Zimmer des Kindes war ebenso einfach eingerichtet, fast kahl. In einem viel zu großen Bett lag ein kleines Mädchen mit ernstem Gesicht und fragendem, aber vertrauensvollem Blick.

»Sind Sie der Kommissar, Monsieur?«

»Der bin ich, meine Kleine. Hab keine Angst.«

»Ich habe keine Angst. Ist Maman Loraine noch nicht zurück?«

Das irritierte ihn. Hatten die Martins ihre Nichte nicht gewissermaßen adoptiert? Und trotzdem sagte das Kind nicht einfach »Maman«, sondern »Maman Loraine«.

»Glauben Sie, dass es der Weihnachtsmann war, der mich heute Nacht besucht hat?«

»Davon bin ich überzeugt.«

»Maman Loraine glaubt es nicht. Sie glaubt mir nie.«

Sie hatte ein verschlafenes Gesicht und einen wachen, durchdringenden Blick. Der Gips, der das eine Bein bis hinauf zum Oberschenkel bedeckte, bildete einen kleinen Hügel unter der Decke.

Mademoiselle Doncœur war im Türrahmen stehen geblieben und sagte taktvoll:

»Ich gehe schnell zu mir und schaue nach, dass nichts auf dem Herd anbrennt.«

Maigret, der sich neben das Bett gesetzt hatte, wusste nicht, wie er anfangen sollte, welche Fragen er stellen sollte.

»Hast du Maman Loraine sehr lieb?«

»Ja, Monsieur.«

Sie antwortete artig, ohne Begeisterung, jedoch nicht zaghaft.

»Und deinen Papa?«

»Welchen? Ich habe nämlich zwei Papas, wissen Sie. Papa Paul und Papa Jean.«

»Ist es lange her, seit du Papa Paul gesehen hast?«

»Ich weiß nicht. Vielleicht ein paar Wochen. Er hat mir ein Weihnachtsgeschenk versprochen, aber er war noch nicht da. Wahrscheinlich ist er krank.«

»Ist er oft krank?«

»Ja, oft. Wenn er krank ist, besucht er mich nicht.«

»Und Papa Jean?«

»Der ist auf Reisen, aber zu Neujahr kommt er wieder. Vielleicht wird er dann nach Paris versetzt und muss nicht mehr wegfahren. Das würde ihn freuen und mich auch.«

»Haben dich viele Freunde besucht, seit du im Bett liegen musst?«

»Was für Freunde? Die Mädchen aus der Schule wissen nicht, wo ich wohne. Und wenn sie es doch wissen, dürfen sie nicht alleine herkommen.«

»Und Freunde von Maman Loraine oder von deinem Papa?«

»Es kommt nie jemand.«

»Nie? Bist du sicher?«

»Nur der Gasmann und der vom Elektrizitätswerk. Ich höre sie, denn die Tür steht fast immer offen. Nur zweimal war jemand anderes hier.«

»Ist das schon lange her?«

»Das erste Mal war am Tag nach meinem Unfall.

Ich erinnere mich daran, weil der Arzt gerade gegangen war.«

»Wer war es?«

»Ich habe ihn nicht gesehen. Ich habe gehört, wie er an die andere Tür geklopft hat und etwas gesagt hat. Maman Loraine hat dann sofort die Tür von meinem Zimmer zugemacht. Sie haben ziemlich lange leise miteinander gesprochen. Als er weg war, hat sie mir gesagt, er habe sie mit Versicherungen gelangweilt. Ich weiß nicht, was das ist.«

»Und ist er wiedergekommen?«

»Ja, vor fünf, sechs Tagen. Da kam er am Abend, als bei mir schon das Licht aus war. Ich schlief noch nicht. Ich habe ihn klopfen und dann wieder leise sprechen hören, wie beim ersten Mal. Ich wusste gleich, dass es nicht Mademoiselle Doncœur war. Manchmal kommt sie abends, um Maman Loraine Gesellschaft zu leisten. Später dachte ich, dass sie streiten, und da habe ich Angst bekommen. Ich habe gerufen, und Maman Loraine ist zu mir gekommen und hat gesagt, es sei wieder wegen der Versicherungen und ich solle schlafen.«

»Ist er lange geblieben?«

»Ich weiß es nicht. Ich glaube, ich bin dann eingeschlafen.«

»Hast du ihn beide Male nicht gesehen?«

»Nein. Aber seine Stimme würde ich wiedererkennen.«

»Selbst wenn er leise spricht?«

»Ja. Gerade weil er immer leise spricht, das klingt wie das Brummen einer dicken Hummel. Ich darf die Puppe behalten, nicht wahr? Maman Loraine hat mir zwei Schachteln Bonbons gekauft und ein kleines Nähetui. Sie hatte mir auch eine Puppe gekauft, aber eine viel kleinere als die vom Weihnachtsmann, weil sie nicht reich ist. Sie hat sie mir heute Morgen gezeigt, bevor sie wegging. Dann hat sie sie wieder in die Schachtel gelegt, denn ich habe ja die hier, und da brauche ich die andere nicht. Das Geschäft wird sie wieder zurücknehmen.«

Die Wohnung war überheizt, die Zimmer waren eng und stickig, und dennoch beschlich Maigret ein Gefühl der Kälte. Das Haus sah von außen doch aus wie das, in dem er selbst wohnte. Warum kam ihm hier alles kleiner und schäbiger vor?

Er beugte sich über den Fußboden, dort, wo die beiden Dielen herausgehoben worden waren. Er sah nichts als einen staubigen, leicht feuchten Hohlraum wie unter jedem Fußboden. Einige Kratzer im Holz verrieten, dass man einen Meißel oder ein ähnliches Werkzeug benutzt hatte.

Er untersuchte die Tür und fand dort ebenfalls Kratzer. Es war eine stümperhafte Arbeit.

»War der Weihnachtsmann nicht böse, als er merkte, dass du ihm zugeschaut hast?«

»Nein, Monsieur. Er war damit beschäftigt, ein

Loch in den Fußboden zu machen, um den kleinen Jungen im zweiten Stock zu besuchen.«

»Hat er nichts zu dir gesagt?«

»Ich glaube, er hat gelächelt. Aber ich bin mir nicht sicher, wegen seines Barts. Es war nicht sehr hell. Ich bin sicher, dass er einen Finger auf den Mund gelegt hat, damit ich nicht rief. Die Großen dürfen ihn ja nicht sehen. Sind Sie ihm schon einmal begegnet?«

»Vor sehr langer Zeit.«

»Als Sie klein waren?«

Er hörte Schritte im Flur. Die Tür wurde geöffnet. Es war Madame Martin. Sie trug ein graues Kostüm, hatte eine Einkaufstasche in der Hand und einen kleinen beigen Hut auf dem Kopf. Ihr war offensichtlich kalt. Die Haut ihres Gesichts war gespannt und sehr weiß, aber sie hatte sich wohl beeilt und war hastig die Treppe hinaufgestiegen, denn auf ihren Wangen zeigten sich zwei kleine rote Kreise, und sie war ganz außer Atem.

Sie lächelte nicht, als sie Maigret fragte:

»War sie artig?«

Dann zog sie ihre Jacke aus und sagte:

»Entschuldigen Sie, dass ich Sie habe warten lassen. Ich musste rausgehen, um Verschiedenes zu besorgen. Und später wären die Läden geschlossen gewesen.«

»Haben Sie jemanden getroffen?«

»Was wollen Sie damit sagen?«

»Nichts. Ich dachte nur, jemand hätte versucht, mit Ihnen zu sprechen.«

Sie hatte Zeit gehabt, viel weiter als in die Rue Amelot oder in die Rue du Chemin-Vert zu gehen, in denen sich die meisten Geschäfte des Viertels befanden. Sie hätte ein Taxi oder die Metro nehmen können, um an jeden Ort in Paris zu gelangen.

Gewiss lagen im ganzen Haus die Mieter auf der Lauer. Mademoiselle Donçœur kam vorbei, um zu fragen, ob sie gebraucht würde. Madame Martin wollte sicherlich nein sagen, aber es war Maigret, der antwortete:

»Es wäre mir lieb, wenn Sie bei Colette blieben, während ich nach nebenan gehe.«

Sie begriff, dass sie das Kind ablenken sollte, während er sich mit Madame Martin unterhielt. Die begriff es wohl auch, ließ sich aber nichts anmerken.

»Treten Sie bitte ein. Erlauben Sie, dass ich die Sachen abstelle?«

Sie brachte die Lebensmittel in die Küche, nahm dann ihren Hut ab und fuhr sich mit den Fingern durch ihr stumpfes blondes Haar. Nachdem sie die Zimmertür wieder geschlossen hatte, sagte sie:

»Mademoiselle Doncœur ist sehr aufgeregt. Was für ein Glücksfall für eine alte Jungfer, nicht wahr?

Zumal für eine, die Zeitungsartikel über einen gewissen Kommissar sammelt und ihn nun endlich in ihrem eigenen Haus hat! Sie gestatten?«

Sie nahm eine Zigarette aus einem silbernen Etui, klopfte mit dem Ende auf den Tisch und zündete sie mit einem Feuerzeug an. Vielleicht war es diese Geste, die Maigret darauf brachte, ihr eine Frage zu stellen:

»Sie arbeiten nicht, Madame Martin?«

»Es wäre schwierig für mich, zu arbeiten, mich um den Haushalt und obendrein um die Kleine zu kümmern, selbst wenn sie zur Schule geht. Außerdem erlaubt es mir mein Mann nicht.«

»Aber Sie haben gearbeitet, bevor Sie ihn kennenlernten?«

»Selbstverständlich. Ich musste meinen Lebensunterhalt verdienen. Wollen Sie sich nicht setzen?«

Er setzte sich in einen rustikalen Korbsessel, während sie sich an den Tisch lehnte.

»Waren Sie Stenotypistin?«

»Das war ich.«

»Lange?«

»Ziemlich lange.«

»Waren Sie es noch, als Sie Martin kennengelernt haben? Entschuldigen Sie bitte, dass ich Ihnen diese Fragen stelle.«

»Das ist Ihr Beruf.«

»Sie haben vor fünf Jahren geheiratet. Wo haben

Sie zu der Zeit gearbeitet? Einen Augenblick. Darf ich Sie nach Ihrem Alter fragen?«

»Dreiunddreißig. Ich war also damals achtundzwanzig, und ich arbeitete bei Monsieur Lorilleux im Palais Royal.«

»Als Sekretärin?«

»Monsieur Lorilleux hatte eine Bijouterie oder, genauer gesagt, er verkaufte Souvenirs und alte Münzen. Sie kennen ja diese alten Geschäfte im Palais Royal. Ich war Verkäuferin, Sekretärin und Buchhalterin. Ich führte das Geschäft, wenn er nicht da war.«

»War er verheiratet?«

»Ja, und Vater von drei Kindern.«

»Sind Sie gegangen, als Sie Martin heirateten?«

»Nicht gleich. Jean wollte nicht, dass ich weiterarbeite, aber er verdiente nicht eben viel. Und da es eine gute Stellung war, habe ich sie in den ersten Monaten behalten.«

»Und dann?«

»Dann geschah etwas ebenso Einfaches wie Unerwartetes. Als ich eines Morgens wie immer um neun beim Geschäft ankam, war die Tür verschlossen. Ich wartete, da ich glaubte, Monsieur Lorilleux habe sich verspätet.«

»Wohnte er woanders?«

»Er wohnte mit seiner Familie in der Rue Mazarine. Um halb zehn wurde ich unruhig.«

»War er tot?«

»Nein. Ich habe seine Frau angerufen. Sie sagte mir, er habe die Wohnung wie immer um acht verlassen.«

»Von wo aus riefen Sie an?«

»Aus dem Handschuhgeschäft nebenan. Ich habe den ganzen Vormittag auf ihn gewartet. Dann ist seine Frau gekommen, und wir sind zusammen aufs Polizeirevier gegangen, wo man die Sache aber nicht sehr ernst genommen hat. Man hat seine Frau nur gefragt, ob er herzkrank sei, ob er ein Verhältnis habe und so weiter. Man hat ihn nie wiedergesehen und nie wieder etwas von ihm gehört. Das Geschäft wurde an Polen verkauft, und mein Mann bestand darauf, dass ich keine neue Stellung mehr annahm.«

»Wie lange waren Sie da verheiratet?«

»Vier Monate.«

»Reiste Ihr Mann da schon im Südwesten?«

»Sein Reisegebiet war dasselbe wie heute.«

»Befand er sich in Paris, als Ihr Chef verschwand?«

»Nein, ich glaube nicht.«

»Hat die Polizei das Geschäft durchsucht?«

»Alles war noch genauso wie am Abend zuvor. Nichts war verschwunden.«

»Wissen Sie, was aus Madame Lorilleux geworden ist?«

»Sie hat eine Zeit lang von dem Geld aus dem Verkauf des Geschäfts gelebt. Ihre Kinder sind bestimmt schon erwachsen und wahrscheinlich verheiratet. Sie hat ein kleines Kurzwarengeschäft nicht weit von hier, in der Rue du Pas-de-la-Mule.«

»Sind Sie mit ihr in Verbindung geblieben?«

»Ich war ein paarmal in ihrem Geschäft, dadurch erfuhr ich erst, dass sie Kurzwarenhändlerin geworden war. Im ersten Augenblick habe ich sie gar nicht wiedererkannt.«

»Wie lange ist das her?«

»Ich weiß nicht … Ungefähr sechs Monate.«

»Hat sie ein Telefon?«

»Das weiß ich nicht. Warum?«

»Was für ein Mensch war Lorilleux?«

»Meinen Sie äußerlich?«

»Ja, zunächst einmal äußerlich.«

»Er war groß, größer als Sie und noch breiter gebaut. Er war dick und aufgeschwemmt. Sie wissen, was ich meine. Er wirkte nicht sehr gepflegt.«

»Wie alt?«

»Ungefähr fünfzig. Ich weiß es nicht genau. Er trug einen kleinen graumelierten Schnurrbart, und seine Anzüge waren ihm immer zu weit.«

»Kannten Sie seine Gewohnheiten?«

»Er ging jeden Morgen zu Fuß ins Geschäft und war ungefähr eine Viertelstunde vor mir dort, sodass er schon die Post durchgesehen hatte, wenn ich kam. Er sprach nicht viel. Er war eher melancholisch und verbrachte den größten Teil seiner Tage in dem kleinen Büro hinter dem Laden.«

»Keine Abenteuer mit Frauen?«

»Nicht, dass ich wüsste.«

»Hat er Ihnen nicht den Hof gemacht?«

Kühl erwiderte sie:

»Nein.«

»Hing er an Ihnen?«

»Ich glaube, ich war ihm eine wertvolle Hilfe.«

»Kannte Ihr Mann ihn?«

»Sie haben nie miteinander gesprochen. Jean holte mich zwar manchmal ab, blieb aber immer bei der Tür stehen. Ist das alles, was Sie wissen möchten?« In ihrer Stimme lag Ungeduld, vielleicht gar ein wenig Zorn.

»Ich muss Sie darauf aufmerksam machen, Madame Martin, dass Sie es waren, die zu mir gekommen ist.«

»Weil diese verrückte Alte sich auf die Gelegenheit gestürzt hat, Sie einmal ganz aus der Nähe zu sehen, und mich fast gewaltsam zu Ihnen geschleppt hat.«

»Mögen Sie Mademoiselle Doncœur nicht?«

»Ich mag keine Leute, die sich in Dinge einmischen, die sie nichts angehen.«

»Tut sie das?«

»Wir haben, wie Sie wissen, das Kind meines

Schwagers aufgenommen. Ob Sie es glauben oder nicht, ich tue für Colette alles, was ich kann. Ich behandle sie wie meine eigene Tochter …«

Aus einem vagen Gefühl heraus gelang es Maigret nicht, sich die Frau, die ihm gegenüberstand und sich gerade eine neue Zigarette angesteckt hatte, als Mutter vorzustellen. Ganz gleich, wie genau er sie betrachtete.

»Unter dem Vorwand, mir zu helfen, mischt sie sich hier andauernd ein. Wenn ich für ein paar Minuten weggehe, finde ich sie mit zuckersüßer Miene im Flur, und sie sagt:

›Sie werden Colette doch nicht ganz allein lassen, Madame Martin? Ich werde ihr Gesellschaft leisten.‹ Ich frage mich sogar, ob sie in meinen Schubladen wühlt, wenn ich nicht da bin.«

»Dennoch ertragen Sie sie.«

»Weil ich muss. Colette verlangt nach ihr, vor allem, seit sie im Bett liegt. Auch mein Mann mag sie sehr, weil sie ihn gepflegt hat, als er noch Junggeselle war und eine Lungenentzündung hatte.«

»Haben Sie die Puppe, die Sie für Colette gekauft hatten, schon zurückgebracht?«

Sie runzelte die Stirn und blickte zu der Verbindungstür.

»Sie haben sie also ausgefragt. Nein, ich habe sie noch nicht zurückgebracht, aus dem einfachen Grund, weil ich sie in einem Warenhaus gekauft habe und die Warenhäuser heute geschlossen sind. Wollen Sie sie sehen?«

Sie forderte ihn heraus, und entgegen ihren Erwartungen ließ er sich die Puppe zeigen und untersuchte den Karton, auf dem noch der Preis stand, der sehr niedrig war.

»Darf ich Sie fragen, wohin Sie heute Morgen gegangen sind?«

»Ich habe Einkäufe gemacht.«

»In der Rue du Chemin-Vert? In der Rue Amelot?«

»In der Rue du Chemin-Vert und in der Rue Amelot.«

»Ich möchte nicht neugierig sein, aber würden Sie mir sagen, was Sie gekauft haben?«

Wütend ging sie in die Küche, holte die Einkaufstasche und warf sie geradezu auf den Esszimmertisch.

»Sehen Sie selbst nach.«

Es waren drei Büchsen Sardinen, Schinken, Butter, Kartoffeln und ein Kopfsalat darin.

Sie sah ihn an, unverwandt, ohne zu zittern, und eher gereizt als ängstlich.

»Haben Sie noch weitere Fragen?«

»Ich wüsste gern den Namen Ihres Versicherungsagenten.«

Sie verstand nicht sofort. Man sah es ihr an. Sie strengte ihr Gedächtnis an.

»Mein Versicherungs...«

»Ja, Ihr Versicherungsagent. Derjenige, der Sie aufgesucht hat.«

»Verzeihung. Das hatte ich ganz vergessen. Sie sprachen von *meinem* Agenten, als hätte ich wirklich etwas mit ihm zu tun. Das hat Ihnen Colette also auch erzählt. Es war tatsächlich zweimal jemand hier, einer von denen, die an alle Türen klopfen und die man nur mit größter Mühe wieder loswird. Ich habe zuerst geglaubt, er wolle Staubsauger verkaufen, aber es handelte sich um Lebensversicherungen.«

»War er lange bei Ihnen?«

»So lange, wie ich brauchte, um ihm begreiflich zu machen, dass ich keinerlei Lust hatte, weder für mich noch für meinen Mann eine Lebensversicherung abzuschließen.«

»Von welcher Gesellschaft kam er?«

»Er hat den Namen gesagt, aber ich habe ihn vergessen. Etwas mit ›Mutuel‹ ...«

»Er hat es noch einmal versucht?«

»Das stimmt.«

»Zu welcher Uhrzeit muss Colette schlafen?«

»Um halb acht mache ich das Licht aus, aber manchmal erzählt sie sich selbst noch eine Weile leise Geschichten.«

»Als der Versicherungsagent zum zweiten Mal kam, war es also nach halb acht?«

Sie hatte die Falle gewittert.

»Das kann sein. Ich war gerade dabei, das Geschirr zu spülen.«

»Haben Sie ihn hereingelassen?«

»Er hatte den Fuß in den Türspalt gestellt.«

»Hat er sich auch an andere Mieter gewandt?«

»Davon weiß ich nichts. Ich nehme an, Sie werden sich bei ihnen erkundigen. Weil ein kleines Mädchen den Weihnachtsmann gesehen hat oder glaubt, ihn gesehen zu haben, verhören Sie mich seit einer halben Stunde, als ob ich ein Verbrechen begangen hätte. Wenn mein Mann hier wäre ...«

»Hat Ihr Mann eigentlich eine Lebensversicherung abgeschlossen?«

»Höchstwahrscheinlich schon.«

Als er zur Tür ging, nachdem er seinen Hut vom Stuhl ergriffen hatte, rief sie überrascht:

»War es das?«

»Ja, das ist alles. Für den Fall, dass Ihr Schwager Sie heute Abend besuchen sollte, wie er es seiner Tochter anscheinend versprochen hat, wäre ich Ihnen dankbar, wenn Sie mich davon in Kenntnis setzten oder ihn zu mir schickten. Und jetzt würde ich gern ein paar Worte mit Mademoiselle Doncœur sprechen.«

Diese folgte ihm in den Flur und ging ihm dann voraus, um die Tür ihrer Wohnung zu öffnen, die nach Kloster roch.

»Treten Sie ein, Herr Kommissar. Ich hoffe, es ist nicht zu unordentlich.«

Man sah keine Katze, keinen kleinen Hund, keine Deckchen auf den Tischen und Kommoden und keinen Nippes auf dem Kaminsims.

»Wohnen Sie schon lange in diesem Haus, Mademoiselle Doncœur?«

»Fünfundzwanzig Jahre, Herr Kommissar. Ich bin eine der ältesten Mieterinnen, und ich erinnere mich, dass Sie schon gegenüber wohnten, als ich hier einzog. Sie trugen einen langen Schnurrbart.«

»Wer hat vor Martin nebenan gewohnt?«

»Ein Ingenieur vom Straßenbauamt. Ich erinnere mich nicht an seinen Namen, aber ich könnte ihn herausfinden. Er wohnte dort mit seiner Frau und seiner Tochter, die taubstumm war. Es war sehr traurig. Sie haben Paris verlassen, um aufs Land zu ziehen, ins Poitou, wenn ich mich nicht irre. Der alte Herr ist jetzt wohl tot, er war damals schon im Rentenalter.«

»Sind Sie in der letzten Zeit von Versicherungsagenten belästigt worden?«

»Nicht in der letzten Zeit. Seit mindestens zwei Jahren hat keiner bei mir geklingelt.«

»Mögen Sie Madame Martin nicht?«

»Warum?«

»Ich frage Sie, ob Sie Madame Martin mögen oder nicht.«

»Also, wenn ich einen Sohn hätte ...«

Sie verstummte, und Maigret sagte:

»Fahren Sie fort.«

»Wenn ich einen Sohn hätte, wäre sie mir als Schwiegertochter nicht lieb. Zumal Monsieur Martin so sanft und so liebenswürdig ist!«

»Glauben Sie, dass er mit ihr nicht glücklich ist?«

»Das will ich nicht sagen. Ich kann ihr eigentlich nichts vorwerfen. Sie ist eben so, wie sie ist, und das ist ihr gutes Recht, nicht wahr?«

»Wie ist sie denn?«

»Ich weiß es nicht. Sie haben sie gesehen. Sie kennen sich besser mit so etwas aus. Sie ist keine richtige Frau. Sehen Sie, ich wette, dass sie noch nie in ihrem Leben geweint hat. Sie erzieht die Kleine ordentlich und anständig, das ist richtig. Aber sie würde ihr nie ein liebevolles Wort sagen und wird ungehalten, wenn ich Colette Märchen erzählen möchte. Bestimmt hat sie ihr gesagt, dass es den Weihnachtsmann nicht gibt. Zum Glück glaubt das Kind ihr nicht.«

»Mag Colette sie auch nicht?«

»Sie gehorcht ihr und möchte ihr gefallen. Aber ich glaube, sie ist froh, wenn man sie allein lässt.«

»Geht Madame Martin viel aus?«

»Nicht viel. Man kann ihr nichts nachsagen. Ich weiß nicht, wie ich es ausdrücken soll. Man merkt, dass sie ihr eigenes Leben lebt, verstehen Sie? Sie kümmert sich nicht um andere. Sie spricht auch nie von sich. Sie ist korrekt, immer korrekt, allzu korrekt. Sie hätte ihr Leben in einem Büro verbringen sollen, wo sie nur mit Zahlen oder mit der Beaufsichtigung von Angestellten befasst gewesen wäre.«

»Ist das auch die Meinung der anderen Mieter?«

»Sie nimmt wenig am Leben im Haus teil. Wenn sie jemanden auf der Treppe trifft, sagt sie nur flüchtig ›Guten Tag‹. Im Grunde kennen wir sie erst, seit Colette hier ist, ein wenig besser, weil man sich für ein Kind ja immer etwas mehr interessiert.«

»Sind Sie ihrem Schwager schon einmal begegnet?«

»Im Flur, aber ich habe nie mit ihm gesprochen. Er geht mit gesenktem Kopf an einem vorbei, als schämte er sich. Und obwohl er seine Kleider gewiss sorgfältig abbürstet, bevor er herkommt, sieht er immer so aus, als hätte er in ihnen geschlafen. Ich glaube nicht, dass er es gewesen ist, Monsieur Maigret. Er ist nicht der Mann, der so etwas tut. Es sei denn, er war sturzbetrunken.«

Maigret ging noch in die Loge der Concierge, in der es so dunkel war, dass den ganzen Tag die Lampe brennen musste. Es war fast Mittag, als er den Boulevard überquerte. Alle Gardinen an den Fenstern des Hauses, das er verließ, bewegten sich.

Auch an seinem Fenster bewegte sich die Gardine. Madame Maigret wollte wissen, ob sie das Huhn in den Ofen tun konnte, und hielt nach ihm Ausschau. Er winkte ihr zu und hätte fast die Zunge ausgestreckt, um eine der winzigen Flocken aufzuschnappen, die in der Luft schwebten und an deren wässrigen Geschmack er sich noch erinnerte.

## 3

»Ich frage mich, ob die Kleine drüben glücklich ist«, sagte Madame Maigret und stand seufzend vom Tisch auf, um den Kaffee aus der Küche zu holen.

Sie merkte sehr wohl, dass er ihr nicht zuhörte. Er hatte seinen Stuhl zurückgeschoben, stopfte seine Pfeife, wobei er auf den surrenden Ofen blickte, an dessen Sichtfenster kleine, regelmäßige Flammen leckten.

Zur eigenen Genugtuung fügte Madame Maigret hinzu:

»Ich kann mir nicht vorstellen, dass sie es ist, bei dieser Frau.«

Er lächelte sie zerstreut an, als wüsste er nicht, was sie gesagt hatte, und vertiefte sich wieder in die Betrachtung des Ofens. Es gab mindestens zehn solcher surrenden Öfen im Haus, zehn Esszimmer mit demselben Sonntagsgeruch, und im Haus gegenüber war es wahrscheinlich genauso. In jedem Nest spielte sich im Stillen ein träges Leben ab, mit Wein und Kuchen auf dem Tisch und der kleinen Likörkaraffe im Buffet, und alle Fenster ließen das graue, harte Licht eines sonnenlosen Tages herein.

Vielleicht war es das, was ihn unbewusst seit dem Morgen verwirrte. In neun von zehn Fällen führten ihn seine Ermittlungen von einer Stunde zur anderen in ein neues Milieu und brachten ihn mit Leuten zusammen, deren Welt er gar nicht oder nur wenig kannte, und dann musste er sich mit den Gewohnheiten und Marotten einer ihm fremden Schicht vertraut machen.

In diesem Fall, der keiner war, da man ihn nicht offiziell damit betraut hatte, lagen die Dinge anders. Zum ersten Mal war etwas in seiner Welt geschehen, in einem Haus, das sein eigenes hätte sein können.

Die Martins hätten auf seinem Flur wohnen können, und wahrscheinlich hätte Madame Maigret Colette gehütet, wenn ihre Tante abwesend war. In der Etage über ihnen wohnte eine alte Dame, die das Ebenbild von Mademoiselle Doncœur war, nur etwas dicker und blasser. Die Rahmen der Fotos von Vater und Mutter Martin glichen den Rahmen der Fotos von Maigrets Eltern, und die Vergrößerungen waren vermutlich in demselben Fotolabor gemacht worden.

War es das, was ihn bedrückte? Es schien ihm, dass der Abstand fehlte, dass er die Menschen und die Dinge nicht kühl genug, nicht unvoreingenommen betrachten konnte.

Er hatte seiner Frau beim Essen – einem kleinen Festmahl, das ihn träge gemacht hatte – von dem morgendlichen Besuch berichtet, und sie hatte unaufhörlich und mit verlegener Miene zu den Fenstern gegenüber geblickt.

»Ist die Concierge sicher, dass niemand von draußen hereinkommen konnte?«

»Ganz sicher ist sie nicht. Sie hatte bis halb eins in der Nacht Besuch von Freunden. Danach ist sie schlafen gegangen, und es war ein ständiges Kommen und Gehen wie in jeder Weihnachtsnacht.«

»Glaubst du, dass noch etwas passieren wird?«

Es war diese kleine Bemerkung, die ihm nicht aus dem Kopf ging. Da war zunächst einmal die Tatsache, dass Madame Martin nicht freiwillig zu ihm gekommen, sondern von Mademoiselle Doncœur dazu gedrängt worden war.

Wenn sie früher aufgestanden wäre, wenn sie als Erste die Puppe entdeckt und die Geschichte von dem Weihnachtsmann gehört hätte, hätte sie dann nicht Schweigen bewahrt und dem kleinen Mädchen befohlen, ebenfalls still zu sein?

Sie hatte die erstbeste Gelegenheit genutzt, um das Haus zu verlassen, obwohl genug Lebensmittel für den Tag in der Wohnung waren. Sogar Butter hatte sie gekauft, obwohl noch ein ganzes Pfund im Vorratsschrank lag.

Er erhob sich und setzte sich in seinen Sessel am

Fenster, nahm den Telefonhörer ab und rief den Quai des Orfèvres an.

»Lucas?«

»Ich habe getan, worum Sie mich gebeten haben, Chef, und habe die Liste aller Sträflinge, die in den letzten drei Monaten entlassen worden sind. Es sind weniger, als man denkt. Es ist aber keiner darunter, der irgendwann einmal am Boulevard Richard-Lenoir gewohnt hat.«

Das hatte keine Bedeutung mehr. Maigret hatte diese Vermutung fast schon wieder aufgegeben. Es war nur eine Idee gewesen. Jemand, der in der Wohnung gegenüber gewohnt hatte, hätte dort die Beute eines Diebstahls oder eines anderen Verbrechens verstecken können, bevor man ihn schnappte.

Wieder auf freiem Fuß, wäre seine erste Sorge natürlich gewesen, den Schatz in seinen Besitz zu bringen. Aber da Colette durch ihren Unfall ans Bett gefesselt war, war das Zimmer zu keiner Tages- und Nachtzeit leer.

Den Weihnachtsmann zu spielen, um dort fast gefahrlos einzudringen, wäre gar nicht so dumm gewesen. Aber in diesem Fall hätte Madame Martin nicht gezögert, ihn aufzusuchen. Sie wäre dann auch nicht unter einem Vorwand rausgegangen.

»Soll ich jeden Fall einzeln prüfen?«

»Nein. Hast du etwas über Paul Martin erfahren?«

»Das war nicht schwer. Er ist in mindestens vier oder fünf Revieren zwischen der Bastille, dem Rathaus und dem Boulevard Saint-Michel bekannt.«

»Weißt du, was er heute Nacht gemacht hat?«

»Zuerst hat er an Bord des Schiffes der Heilsarmee gegessen. Er geht dort jede Woche an einem bestimmten Tag hin, wie alle Stammgäste. An diesem Abend ist er immer nüchtern. Es gab ein kleines Festessen. Sie mussten lange Schlange stehen.«

»Und dann?«

»Gegen halb zwölf ist er ins Quartier Latin gegangen und hat vor einem Nachtlokal den Leuten die Wagentür geöffnet. Er muss reichlich Geld bekommen haben, denn um vier Uhr morgens hat man ihn, hundert Meter von der Place Maubert entfernt, total betrunken aufgelesen und aufs Revier gebracht. Heute Morgen um elf war er immer noch dort. Als ich anrief, war er gerade weggegangen. Man hat mir versprochen, ihn herzubringen, sobald man ihn gefunden hat. Er hatte noch ein paar Franc in der Tasche.«

»Und Bergerac?«

»Jean Martin nimmt den ersten Nachmittagszug. Er schien sehr überrascht und beunruhigt zu sein über den Anruf heute Morgen.«

»Hat er nur einen bekommen?«

»Heute Morgen, ja. Aber er ist gestern Abend angerufen worden, als er gerade zu Abend aß.«

»Weißt du, wer ihn angerufen hat?«

»Die Rezeptionistin, die das Gespräch angenommen hat, versichert, es sei ein Mann gewesen. Er hat gefragt, ob Monsieur Jean Martin da sei. Sie hat ihn von einer Kellnerin holen lassen. Als er an den Apparat kam, war niemand mehr am anderen Ende der Leitung. Das hat ihm den Abend verdorben. Ein paar Handelsvertreter hatten einen Ausflug in irgendein Nachtlokal organisiert. Es sollen auch hübsche Mädchen dabei gewesen sein. Nachdem Martin, um mit den anderen mitzuhalten, ein paar Gläser getrunken hatte, sprach er nur noch von seiner Frau und seiner Tochter. Das Mädchen ist für ihn wie seine Tochter. Trotzdem ist er mit seinen Freunden bis drei Uhr morgens weggeblieben. Ist das alles, was Sie wissen wollten, Chef?«

Lucas konnte nicht umhin, neugierig hinzuzufügen:

»Ist in Ihrem Viertel ein Verbrechen geschehen? Sind Sie noch zu Hause?«

»Bis jetzt ist es nur eine Geschichte vom Weihnachtsmann und einer Puppe.«

»Ach!«

»Einen Augenblick. Versuch doch bitte, die Adresse des Direktors von Zenith-Uhren in der Avenue de l'Opéra zu bekommen. Das sollte auch an einem Feiertag möglich sein. Vermutlich ist er zu Hause. Rufst du mich zurück?«

»Sobald ich die Auskunft habe.«

Madame Maigret hatte ihm gerade einen Pflaumenschnaps eingeschenkt, von dem ihre Schwester hin und wieder eine Flasche aus dem Elsass schickte. Er lächelte ihr zu und war einen Moment versucht, diese alberne Geschichte zu vergessen und ihr vorzuschlagen, den Nachmittag gemütlich im Kino zu verbringen.

»Welche Farbe haben ihre Augen?«

Er musste sich anstrengen, um zu verstehen, dass sie von der Kleinen sprach, die das Einzige war, was Madame Maigret an dem Fall interessierte.

»Nun, das kann ich kaum sagen. Braun sind sie bestimmt nicht. Sie hat blondes Haar.«

»Dann sind sie blau.«

»Vielleicht. Sehr hell jedenfalls. Und ganz besonders ruhig.«

»Weil sie die Dinge nicht wie ein Kind betrachtet. Hat sie gelacht?«

»Dazu gab es keinen Anlass.«

»Ein richtiges Kind findet immer einen Anlass zum Lachen. Ich mag diese Frau nicht.«

»Ist dir Mademoiselle Doncœur lieber?«

»Sie mag eine alte Jungfer sein, aber ich bin davon überzeugt, dass sie besser mit der Kleinen umgehen kann als diese Madame Martin. Ich bin ihr beim Einkaufen begegnet. Sie gehört zu den Frauen, die genau aufpassen, dass richtig abgewogen wird, und das Geld Münze für Münze aus dem Portemonnaie nehmen, mit misstrauischem Blick, als ob jeder sie zu betrügen versuchte.«

Das Läuten des Telefons unterbrach sie, aber sie fand noch die Zeit, zu wiederholen:

»Ich mag diese Frau nicht.«

Es war Lucas, der Maigret die Adresse von Monsieur Arthur Godefroy mitteilte, dem Generalvertreter von Zenith-Uhren in Frankreich. Er bewohnte eine große Villa in Saint-Cloud, und Lucas hatte sich vergewissert, dass er zu Hause war.

»Paul Martin ist hier, Chef.«

»Hat man ihn zu dir gebracht?«

»Ja. Er fragt sich, warum. Warten Sie, ich schließe die Tür. So. Jetzt kann er mich nicht mehr hören. Erst dachte er, seiner Tochter sei etwas zugestoßen, und er hat angefangen zu weinen. Jetzt ist er ruhig, er hat einen fürchterlichen Kater. Was soll ich mit ihm tun? Soll ich ihn zu Ihnen schicken?«

»Kann ihn jemand begleiten?«

»Torrence ist eben gekommen. Er hätte wohl nichts dagegen, etwas frische Luft zu schnappen. Ich glaube, er hat gestern Abend auch tüchtig gefeiert. Brauchen Sie mich nicht mehr?«

»Doch. Setz dich mit dem Revier am Palais Royal in Verbindung. Vor etwa fünf Jahren ist ein gewisser Lorilleux spurlos verschwunden. Ihm gehörte ein Geschäft, in dem Schmuck und alte Münzen verkauft wurden. Ich würde gern alle Einzelheiten über diesen Fall erfahren.«

Er lächelte, als er sah, dass seine Frau sich ihm gegenübergesetzt und zu stricken begonnen hatte. Diese Untersuchung fand wirklich unter besonders familiären Vorzeichen statt.

»Soll ich Sie zurückrufen?«

»Ja. Ich habe nicht vor wegzugehen.«

Fünf Minuten später hatte er Monsieur Godefroy am Apparat, der einen ausgeprägten Schweizer Akzent hatte. Als von Jean Martin die Rede war, glaubte er zuerst, dass seinem Handelsreisenden ein Unfall zugestoßen sei, da man ihn am Weihnachtstag störte, und er erging sich in herzlichen Lobeshymnen über ihn.

»Er ist ein so fleißiger und tüchtiger Junge, dass ich ihn im nächsten Jahr, das heißt in zwei Wochen, zum stellvertretenden Direktor hier in Paris machen will. Kennen Sie ihn? Haben Sie einen wichtigen Grund, sich mit ihm zu beschäftigen?«

Er brachte ein paar Kinder im Hintergrund zum Schweigen.

»Entschuldigen Sie. Die ganze Familie ist versammelt und …«

»Sagen Sie, Monsieur Godefroy, hat sich in den letzten Tagen jemand an Ihr Büro gewandt und gefragt, wo Monsieur Martin sich im Moment aufhält?«

»Ja, tatsächlich.«

»Können Sie mir Genaueres darüber sagen?«

»Gestern Morgen hat jemand im Büro angerufen und mich persönlich verlangt. Den Namen habe ich leider vergessen. Wegen der Feiertage war ich sehr beschäftigt. Der Mann wollte wissen, wo man Jean Martin erreichen könne, weil man ihm dringend etwas mitzuteilen habe. Und ich sah keinen Grund zu verschweigen, dass er in Bergerac ist, wahrscheinlich im Hôtel de Bordeaux.«

»Hat man Sie noch etwas anderes gefragt?«

»Nein. Er hat sofort wieder aufgehängt.«

»Ich danke Ihnen.«

»Sind Sie sicher, dass nichts Schlimmes passiert ist?«

Die Kinder schienen sich an ihn zu klammern, und Maigret nutzte die Gelegenheit, um sich rasch zu verabschieden.

»Hast du gehört?«

»Ich habe gehört, was du gesagt hast, aber nicht, was er geantwortet hat.«

»Gestern Morgen hat ein Mann im Büro angerufen, der wissen wollte, wo Jean Martin ist. Zweifellos hat derselbe Mann am Abend in Bergerac angerufen, um sich zu vergewissern, dass er noch dort war und sich darum in der Weihnachtsnacht nicht am Boulevard Richard-Lenoir aufhalten konnte.«

»Ist das der Mann, der in das Haus eingedrungen ist?«

»Höchstwahrscheinlich. Zumindest beweist das, dass es nicht Paul Martin war, der diese zwei Telefonate nicht hätte führen müssen. Er konnte sich ohne Weiteres bei seiner Schwägerin erkundigen.«

»Du hast Feuer gefangen. Gib zu, du bist überglücklich, dass diese Geschichte passiert ist.«

Als er sich entschuldigen wollte, fügte sie noch hinzu:

»Aber das ist doch ganz natürlich! Mich interessiert es auch. Wie lange, glaubst du, muss die Kleine den Gips noch tragen?«

»Ich habe nicht gefragt.«

»Was für Komplikationen das wohl sind?«

Ohne es zu ahnen, hatte sie Maigret wieder auf eine neue Spur gebracht.

»Das ist gar nicht so dumm, was du da sagst.«

»Was habe ich denn gesagt?«

»Nun, da sie schon seit zwei Monaten im Bett liegt, wird sie ihn wohl nicht mehr lange tragen müssen, falls nicht noch wirklich schwere Komplikationen eintreten.«

»Wahrscheinlich wird sie anfangs Krücken brauchen.«

»Darum geht es nicht. In wenigen Tagen also, spätestens aber in einigen Wochen, wird die Kleine ihr Zimmer verlassen. Sie wird manchmal mit

Madame Martin spazieren gehen. Dann ist das Feld frei, und jeder wird leicht in die Wohnung gelangen können, ohne sich als Weihnachtsmann verkleiden zu müssen.«

Die Lippen von Madame Maigret bewegten sich, weil sie, während sie ihrem Mann zuhörte und ihn ruhig anblickte, ihre Maschen zählte.

»Erstens hat Colettes Anwesenheit in dem Zimmer den Mann gezwungen, eine List anzuwenden. Sie liegt schon seit zwei Monaten im Bett. Vielleicht wartet er schon fast zwei Monate. Ohne die Komplikationen, die die Genesung verzögert haben, hätte er die Dielen schon vor etwa drei Wochen herausheben können.«

»Worauf willst du hinaus?«

»Auf nichts. Oder besser gesagt, dass der Mann nicht länger warten konnte, dass er zwingende Gründe hatte, unverzüglich zu handeln.«

»In wenigen Tagen wird Martin von seiner Geschäftsreise zurück sein.«

»Das stimmt.«

»Was war unter dem Fußboden wohl zu finden?«

»Und hat man tatsächlich etwas gefunden? Wenn der Besucher nichts gefunden hat, bleibt das Problem für ihn genauso dringend, wie es gestern war. Er muss also erneut handeln.«

»Wie?«

»Das weiß ich nicht.«

»Sag mal, Maigret, hast du keine Angst um die Kleine? Glaubst du, dass sie bei dieser Frau drüben in Sicherheit ist?«

»Ich könnte es beantworten, wenn ich wüsste, wohin Madame Martin heute Vormittag unter dem Vorwand einzukaufen gegangen ist.«

Er rief wieder die Kriminalpolizei an.

»Ich bin's noch mal, Lucas. Du musst dich um Taxis kümmern. Ich würde gern wissen, ob ein Taxi heute Morgen zwischen neun und zehn in der Nähe des Boulevard Richard-Lenoir eine Frau aufgenommen hat und wohin es gefahren ist. Warte! … Ja. Sie ist blond, um die dreißig, ziemlich schlank, aber kräftig. Sie trug ein graues Kostüm und einen kleinen beigen Hut. Sie hatte eine Einkaufstasche in der Hand. Heute Morgen waren bestimmt nicht viele Wagen unterwegs.«

»Ist Martin schon bei Ihnen?«

»Noch nicht.«

»Er wird bald da sein. Was den anderen betrifft, diesen Lorilleux, so ist man am Palais Royal dabei, das Archiv zu durchforsten. Sie werden die Auskunft jeden Augenblick erhalten.«

Zu dieser Stunde stieg Jean Martin in Bergerac in den Zug. Hielt die kleine Colette Mittagsschlaf? Hinter den Gardinen erahnte man Mademoiselle Doncœurs Gestalt. Sie fragte sich wahrscheinlich, womit Maigret sich gerade beschäftigte.

Leute begannen aus den Häusern zu kommen, vor allem Familien mit Kindern, die ihre neuen Spielzeuge mit sich schleppten. An den Kinokassen stand man gewiss Schlange. Ein Taxi fuhr vor. Dann waren Schritte auf der Treppe zu hören. Madame Maigret öffnete die Tür, noch ehe es geklingelt hatte. Torrences laute Stimme erklang:

»Sind Sie da, Chef?«

Er führte einen Mann unbestimmten Alters ins Zimmer, der mit gesenktem Blick an der Wand stehen blieb.

Maigret holte zwei Gläser aus dem Buffet und füllte sie mit Pflaumenschnaps.

»Zum Wohl«, sagte er.

Der Mann, dessen Hand zitterte, zögerte und blickte Maigret erstaunt und beunruhigt an.

»Auf Ihr Wohl, Monsieur Martin. Entschuldigen Sie, dass ich Sie herkommen ließ, aber von hier ist es viel näher zu Ihrer Tochter.«

»Ist ihr etwas zugestoßen?«

»Aber nein. Ich habe sie heute Morgen gesehen, und da spielte sie lieb mit ihrer neuen Puppe. Du kannst gehen, Torrence. Lucas hat gewiss noch Arbeit für dich.«

Madame Maigret war mit ihrem Strickzeug im Schlafzimmer verschwunden, hatte sich dort auf die Bettkante gesetzt und zählte weiter ihre Maschen.

»Setzen Sie sich, Monsieur Martin.«

Der Mann hatte sich nur die Lippen befeuchtet und dann das Glas auf den Tisch gestellt, aber von Zeit zu Zeit warf er einen ängstlichen Blick darauf.

»Vor allem machen Sie sich keine Sorgen. Ich kenne Ihre Geschichte.«

»Ich wollte sie heute Morgen besuchen«, sagte der Mann. »Ich hatte mir geschworen, schlafen zu gehen und früh aufzustehen, um zu ihr zu gehen und ihr frohe Weihnachten zu wünschen.«

»Auch das weiß ich.«

»Es ist immer dasselbe. Ich schwöre mir, nur ein Glas zu trinken, nur so viel, um mich zu stärken, aber …«

»Haben Sie nur einen Bruder, Monsieur Martin?«

»Ja, Jean. Er ist sechs Jahre jünger als ich. Zusammen mit meiner Frau und meiner Tochter ist er der einzige Mensch, den ich liebe.«

»Mögen Sie Ihre Schwägerin nicht?«

Überrascht und verlegen zuckte er zusammen.

»Ich kann nichts Schlechtes über Loraine sagen.«

»Sie haben ihr Ihr Kind anvertraut, nicht wahr?«

»Ja, das heißt, als meine Frau starb und ich den Halt zu verlieren begann …«

»Ich verstehe. Ist Ihre Tochter glücklich?«

»Ich glaube, ja. Sie beklagt sich nie.«

»Haben Sie nicht versucht, wieder auf die Beine zu kommen?«

»Jeden Abend schwöre ich mir, mit diesem Leben Schluss zu machen, aber am nächsten Tag geht es wieder los. Ich bin sogar bei einem Arzt gewesen, und er hat mir Ratschläge gegeben.«

»Haben Sie sie befolgt?«

»Ein paar Tage. Als ich wieder zu ihm ging, war er in Eile. Er hat mir gesagt, er habe keine Zeit, sich mit mir zu befassen, und es wäre das Beste, ich ginge in eine Spezialklinik …«

Er streckte die Hand nach seinem Glas aus, zögerte. Um ihm die Hemmungen zu nehmen, trank Maigret sein Glas in einem Zug aus.

»Sind Sie bei Ihrer Schwägerin je einem Mann begegnet?«

»Nein. Ich glaube nicht, dass man ihr in der Hinsicht etwas vorwerfen kann.«

»Wissen Sie, wo Ihr Bruder sie kennengelernt hat?«

»In einem kleinen Restaurant in der Rue de Beaujolais, wo er immer aß, wenn er zwischen zwei Geschäftsreisen in Paris war. Es war ganz in der Nähe seines Büros und des Geschäfts, in dem Loraine arbeitete.«

»Waren sie lange verlobt?«

»Das weiß ich nicht genau. Jean ist für zwei Monate weggefahren, und als er zurückkam, kündigte er an, dass er heiraten werde.«

»Waren Sie sein Trauzeuge?«

»Ja, und Loraines Trauzeugin war die Wirtin der Pension, in der sie damals wohnte. Sie hat keine Angehörigen in Paris. Sie war schon damals Waise. Ist etwas Schlimmes …«

»Ich weiß es noch nicht. Ein Mann hat sich heute Nacht als Weihnachtsmann verkleidet in Colettes Zimmer geschlichen.«

»Hat er ihr etwas getan?«

»Er hat ihr eine Puppe geschenkt. Als sie die Augen aufgeschlagen hat, war er gerade dabei, zwei Dielen aus dem Fußboden hochzuheben.«

»Meinen Sie, dass ich anständig genug aussehe, um sie zu besuchen?«

»Einen Moment noch. Wenn Sie wollen, können Sie sich hier rasieren und kämmen. Ist Ihr Bruder jemand, der irgendetwas unter dem Fußboden verstecken würde?«

»Er? Nie im Leben!«

»Auch dann nicht, wenn er etwas vor seiner Frau zu verbergen hätte?«

»Er verbirgt nichts vor ihr. Sie kennen ihn nicht. Wenn er zurückkommt, legt er ihr Rechenschaft ab wie einem Vorgesetzten, und sie weiß genau, wie viel Taschengeld er hat.«

»Ist sie eifersüchtig?«

Der Mann antwortete nicht.

»Sie täten gut daran, mir zu sagen, was Sie denken. Es geht schließlich um Ihre Tochter.«

»Ich glaube nicht, dass Loraine besonders eifersüchtig ist, aber sie ist egoistisch, wenigstens dachte das meine Frau. Meine Frau mochte sie nicht.«

»Warum?«

»Sie sagte, sie habe zu dünne Lippen, sei zu kalt, zu glatt, immer in Abwehrhaltung. Ihrer Meinung nach hat sie sich Jean an den Hals geworfen, wegen seiner Stellung, seines Vermögens, seiner Zukunftsaussichten.«

»War sie arm?«

»Sie spricht nie von ihrer Familie. Wir haben trotzdem herausbekommen, dass ihr Vater starb, als sie noch sehr jung war, und dass ihre Mutter Putzfrau war.«

»In Paris?«

»Irgendwo im Glacière-Viertel. Darum erwähnt sie dieses Viertel nie. Sie weiß genau, was sie will, sagte meine Frau.«

»Glauben Sie, dass sie die Geliebte ihres Chefs war?«

Maigret goss ihm etwas Schnaps ein, und der Mann blickte ihn dankbar an, zögerte aber noch. Vermutlich wegen des Besuchs bei seiner Tochter, wegen seines Atems.

»Ich werde Ihnen eine Tasse Kaffee kochen lassen. Auch darüber hat sich Ihre Frau ihre Gedanken gemacht, nicht wahr?«

»Woher wissen Sie das? Sie sprach nie schlecht

über andere Leute, aber gegen Loraine hatte sie eine fast körperliche Abneigung. Wenn wir meine Schwägerin treffen mussten, flehte ich meine Frau an, sie solle sich ihr Misstrauen, ihre Antipathie nicht anmerken lassen. Es ist komisch, dass ich Ihnen das alles sage, so wie die Dinge jetzt stehen. Vielleicht war es ein Fehler, Colette bei ihr zu lassen? Ich werfe es mir manchmal vor, aber was hätte ich sonst tun können?«

»Sie haben noch nicht meine Frage nach Loraines Chef beantwortet.«

»Ja. Meine Frau meinte, sie wirkten wie ein Liebespaar, und dass es für Loraine praktisch gewesen sei, einen Mann zu heiraten, der fast immer auf Reisen war.«

»Wissen Sie, wo sie vor ihrer Hochzeit wohnte?«

»In einer Straße, die auf den Boulevard Sébastopol führt. Die erste rechts, wenn man von der Rue de Rivoli zu den Boulevards geht. Ich erinnere mich daran, weil wir sie an ihrem Hochzeitstag mit dem Wagen abgeholt haben.«

»Die Rue Pernelle?«

»Ja, genau. Im vierten oder fünften Haus auf der linken Seite befindet sich eine Pension, die ruhig und anständig wirkt. Dort wohnen vor allem Leute, die im Viertel arbeiten, und ein paar kleine Schauspielerinnen vom Châtelet.«

»Wollen Sie sich rasieren, Monsieur Martin?«

»Ich schäme mich. Aber da ich nun schon im Haus gegenüber von meiner Tochter bin …«

»Kommen Sie mit.«

Er ließ ihn durch die Küche gehen, um ihn nicht durchs Schlafzimmer führen zu müssen, in dem Madame Maigret saß, und gab ihm alles, was er brauchte, darunter auch eine Kleiderbürste.

Als er ins Esszimmer zurückkam, öffnete Madame Maigret die Tür einen Spaltbreit und flüsterte:

»Was macht er?«

»Er rasiert sich.«

Wieder hob er den Telefonhörer ab und rief den tüchtigen Lucas an, um ihm weitere Arbeit für den Weihnachtstag zu geben.

»Bist du im Büro unabkömmlich?«

»Wenn Torrence die Stellung hält. Ich habe übrigens die Informationen, um die Sie mich gebeten haben.«

»Später. Geh jetzt gleich in die Rue Pernelle. Es muss dort eine kleine Pension geben. Ich glaube, ich habe sie schon einmal gesehen. In einem der ersten Häuser zum Boulevard de Sébastopol hin. Ich weiß nicht, ob die Besitzer in den letzten fünf Jahren gewechselt haben. Vielleicht findest du jemanden, der vorher dort gearbeitet hat. Ich möchte alles über eine gewisse Loraine wissen …«

»Und wie heißt sie weiter?«

»Einen Augenblick. Daran habe ich gar nicht gedacht.«

Durch die Tür des Badezimmers fragte er Martin nach dem Mädchennamen seiner Schwägerin.

»Boitel«, rief dieser.

»Lucas? Es handelt sich um Loraine Boitel. Die Wirtin der Pension war Trauzeugin bei ihrer Hochzeit mit Martin. Loraine Boitel arbeitete damals bei Lorilleux.«

»Dem vom Palais Royal?«

»Ja. Ich möchte wissen, ob die beiden ein Verhältnis hatten und ob er sie manchmal in der Pension besucht hat. Das ist alles. Mach schnell. Es ist vielleicht dringender, als wir glauben. So, und nun, was wolltest du mir sagen?«

»Der Fall Lorilleux. Er war ein merkwürdiger Mann. Nach seinem Verschwinden hat man Nachforschungen angestellt. In der Rue Mazarine, wo er mit seiner Familie wohnte, galt er als ein braver Geschäftsmann, der seine drei Kinder vorbildlich erzog. In seinem Geschäft im Palais Royal haben sich allerdings merkwürdige Dinge zugetragen. Er verkaufte nicht nur Paris-Souvenirs und alte Münzen, sondern auch obszöne Bilder und Bücher.«

»Das ist dort so üblich.«

»Ja, man munkelt, dass da noch anderes vor sich ging. Es war die Rede von einem roten, mit Rips bezogenen Sofa, das in dem Büro hinter dem Laden stand. Es gab keine Beweise, und man ist der Sache nicht weiter nachgegangen, zumal man die Kundschaft, die zum großen Teil aus mehr oder weniger bedeutenden Personen besteht, nicht in Verlegenheit bringen wollte.«

»Und Loraine Boitel?«

»Von ihr ist in dem Bericht kaum die Rede. Als Lorilleux verschwand, war sie schon verheiratet. Sie hat den ganzen Vormittag vor der Ladentür gewartet. Es sieht nicht so aus, als hätte sie ihn am Abend zuvor nach Ladenschluss noch getroffen. Ich wollte gerade in dieser Angelegenheit telefonieren, als Langlois von der Finanzabteilung in mein Büro kam. Als ich Lorilleux erwähnte, zuckte er zusammen und sagte, der Name erinnere ihn an etwas. Er hat in seinen Akten nachgeschaut. Sind Sie noch dran? Er hat nichts Genaues feststellen können. Nur, dass Lorilleux in den Akten geführt wurde, weil er häufig die Schweizer Grenze überschritt. Es war zu der Zeit, als der Goldschmuggel blühte. Man hat ihn im Auge behalten. Er wurde zwei- oder dreimal an der Grenze durchsucht. Aber man konnte nichts bei ihm finden.«

»Geh schnell in die Rue Pernelle, mein lieber Lucas. Ich glaube mehr denn je, dass es dringend ist.«

Mit glattrasierten Wangen stand Paul Martin im Türrahmen.

»Ich bin ganz durcheinander. Wie soll ich Ihnen nur danken?«, stammelte er.

»Sie gehen jetzt zu Ihrer Tochter, nicht wahr? Ich weiß nicht, wie lange Sie gewöhnlich bleiben und wie Sie die Sache angehen. Was ich möchte, ist, dass Sie nicht von ihrer Seite weichen, bis ich Sie abhole.«

»Über Nacht werde ich wohl nicht bleiben können?«

»Wenn es sein muss, bleiben Sie dort. Richten Sie es irgendwie ein.«

»Besteht eine Gefahr?«

»Ich weiß es nicht. Aber Sie müssen bei Colette bleiben.«

Der Mann trank gierig seine Tasse schwarzen Kaffee und ging dann ins Treppenhaus. Nachdem sich die Wohnungstür geschlossen hatte, kam Madame Maigret ins Esszimmer.

»Er kann seine Tochter am Weihnachtstag doch nicht mit leeren Händen besuchen.«

»Aber ...«

Maigret war wohl nahe daran zu antworten, dass es in ihrer Wohnung keine Puppe gebe, als ihm seine Frau einen kleinen glänzenden Gegenstand reichte. Einen goldenen Fingerhut, der schon seit Jahren in ihrem Nähkasten lag und den sie nie benutzte.

»Gib ihm den. So etwas gefällt jedem Mädchen. Beeil dich ...«

Er rief von oben durch das Treppenhaus:

»Monsieur Martin! Monsieur Martin! … Einen Augenblick, bitte!«

Er drückte ihm den Fingerhut in die Hand.

»Aber sagen Sie ihr nicht, woher Sie ihn haben.«

Auf der Schwelle zum Esszimmer blieb er mit finsterer Miene stehen und seufzte.

»Wann wirst du endlich aufhören, mich den Weihnachtsmann spielen zu lassen?«

»Ich wette, das wird ihr ebenso gefallen wie die Puppe. Weil es ein Gegenstand für Erwachsene ist, verstehst du?«

Man sah den Mann den Boulevard überqueren und dann einen Augenblick lang vor dem Haus stehen bleiben. Er drehte sich um und blickte zu Maigrets Wohnung hinauf, als wollte er sich Mut machen.

»Glaubst du, dass er wieder gesund wird?«

»Ich bezweifle es.«

»Wenn dieser Madame Martin etwas zustieße …«

»Ja?«

»Nichts. Ich denke an die Kleine. Was wird dann aus ihr?«

Mindestens zehn Minuten vergingen. Maigret hatte eine Zeitung aufgeschlagen, und seine Frau hatte sich wieder ihm gegenübergesetzt und strickte, wobei sie ihre Maschen zählte. Er stieß eine Rauchwolke aus und murmelte:

»Dabei hast du sie ja noch nie gesehen!«

# 4

Später sollte Maigret in der Schublade, in die Madame Maigret alle herumliegenden Papiere stopfte, einen alten Briefumschlag wiederfinden, auf dessen Rückseite er im Lauf dieses Tages die Ereignisse mechanisch notiert hatte. Erst da fiel ihm an dieser Untersuchung, die er fast von Anfang bis Ende von seiner Wohnung aus geführt hatte, etwas auf, das er später immer wieder als Beispiel anführen sollte.

Entgegen dem, was sonst so oft geschieht, gab es keinen bedeutenden Zufall, keine unvorhergesehene Wendung. Nichts dergleichen spielte hier eine Rolle. Und dennoch kam einem das Glück zu Hilfe, und das sogar mehrfach, indem sich nämlich jede Information auf die einfachste und natürlichste Weise genau zur rechten Zeit einstellte.

Manchmal arbeiten Dutzende von Inspektoren Tag und Nacht, um eine zweitrangige Information zu erhalten. So hätte Monsieur Arthur Godefroy, Generalvertreter von Zenith in Frankreich, das Weihnachtsfest ebenso gut in seiner Geburtsstadt Zürich verbringen können. Er hätte einfach nicht zu Hause sein können. Es wäre auch möglich gewesen, dass er von dem Telefongespräch, das am Vortag in seinem Büro wegen Jean Martin geführt worden war, nichts erfahren hätte.

Und auch als Lucas kurz nach vier mit gespannter Haut und roter Nase bei Maigret erschien, spielte das Glück mit.

Ein dichter gelblicher Nebel hatte sich plötzlich über Paris gelegt, was nur selten vorkommt, und in allen Häusern brannte Licht; die Fenster zu beiden Seiten des Boulevards wirkten wie ferne Leuchttürme. Alle Einzelheiten der Wirklichkeit waren derart verwischt, dass man, wie am Meeresufer, darauf gefasst war, gleich das Nebelhorn zu hören.

Aus dem einen oder anderen Grund – wahrscheinlich wegen einer Kindheitserinnerung – gefiel dies Maigret, so wie es ihm gefiel zu sehen, wie Lucas eintrat, seinen Mantel auszog, sich setzte und seine eiskalten Hände über den Ofen hielt.

Lucas war fast sein Ebenbild. Er war einen Kopf kleiner, hatte halb so breite Schultern und ein Gesicht, dem er nur mit Mühe einen strengen Ausdruck geben konnte. Nicht aus Wichtigtuerei, sondern aus Bewunderung, vielleicht sogar ganz unbewusst, hatte er sich seinem Chef in jeder seiner Bewegungen, in seiner ganzen Haltung, in seiner Ausdrucksweise angepasst. Und das fiel hier noch mehr auf als im Büro. Selbst die Art, wie er an dem Pflaumenschnaps roch, bevor er einen Schluck nahm …

Die Wirtin der Pension in der Rue Pernelle war vor zwei Jahren bei einem Metrounfall gestorben. Das hätte die Untersuchung erschweren können. Das Personal in solchen Pensionen wechselt häufig, und es bestand wenig Hoffnung, dort jemanden zu finden, der Loraine vor fünf Jahren gekannt hatte.

Doch das Glück war auf ihrer Seite. Lucas hatte herausgefunden, dass der jetzige Wirt der ehemalige Nachtportier war. Und der Zufall wollte es, dass dieser früher einmal mit der Sittenpolizei zu tun gehabt hatte.

»Es war leicht, ihn zum Sprechen zu bringen«, sagte Lucas, während er sich eine Pfeife ansteckte, die viel zu groß für ihn war. »Mich hat überrascht, dass er die Mittel hatte, die Pension von einem Tag auf den nächsten zu kaufen. Aber er hat mir schließlich erklärt, dass er als Strohmann für einen Mann in hoher Stellung dient. Der steckt sein Geld in solche Geschäfte, will aber nicht mit seinem Namen in Erscheinung treten.«

»Was für eine Art Pension ist es?«

»Äußerlich wirkt alles korrekt. Ziemlich sauber. Im Zwischengeschoss befindet sich ein Büro. Die Zimmer werden monatlich oder wöchentlich vermietet. Im ersten Stock gibt es auch Zimmer, die man stundenweise mieten kann.«

»Erinnert er sich an die junge Frau?«

»Sehr gut, denn sie hat mehr als drei Jahre in dem Haus gewohnt. Ich habe gemerkt, dass er sie aber nicht besonders mochte, weil sie furchtbar geizig war.«

»Kam Lorilleux zu Besuch?«

»Bevor ich in die Rue Pernelle ging, war ich auf dem Revier am Palais Royal, um mir ein Foto aus seiner Akte zu holen. Ich habe es dem Wirt gezeigt. Er hat ihn sofort wiedererkannt.«

»War Lorilleux oft da?«

»Durchschnittlich zwei- bis dreimal im Monat und immer mit Gepäck. Er kam um halb zwei morgens und ging um sechs wieder. Ich habe mich zunächst gefragt, was das bedeuten könnte. Ich habe den Zugfahrplan überprüft. Es deckte sich mit den Reisen, die er in die Schweiz machte. Für die Rückfahrt nahm er den Zug, der mitten in der Nacht ankommt, und ließ seine Frau in dem Glauben, er hätte den genommen, der um sechs Uhr morgens ankommt.«

»Sonst noch etwas?«

»Nichts, außer dass Loraine beim Trinkgeld geizte und abends in ihrem Zimmer auf einem Spirituskocher kochte, obwohl das verboten war.«

»Keine anderen Männer?«

»Nein. Bis auf die Geschichte mit Lorilleux hat sie ein ordentliches Leben geführt. Als sie heiratete, bat sie die Wirtin, ihre Trauzeugin zu sein.«

Maigret hatte darauf bestanden, dass seine Frau im Schlafzimmer blieb, wo sie sich so still verhielt, als wollte sie ihre Anwesenheit vergessen machen.

Torrence klapperte draußen im Nebel die Taxistände ab. Die beiden Männer warteten geduldig, jeder in einen Sessel versunken, in identischer Pose, ein Glas Schnaps in Reichweite, und Maigret begann schläfrig zu werden.

Mit den Taxis war es wie mit allem anderen. Manchmal stößt man sofort auf das Taxi, das man sucht; ein anderes Mal hat man tagelang keinen Anhaltspunkt, zumal wenn es sich nicht um den Wagen einer Firma handelt. Manche Fahrer haben keine festen Arbeitszeiten und fahren auf gut Glück herum, und nicht alle lesen die Polizeiannoncen.

Nun, vor fünf Uhr rief Torrence aus Saint-Ouen an.

»Ich habe eins der Taxis gefunden«, sagte er.

»Wieso eins? Sind es mehrere?«

»Davon muss man ausgehen. Die junge Dame ist heute Morgen an der Ecke Boulevard Richard-Lenoir und Boulevard Voltaire in dieses Taxi gestiegen und hat sich zur Rue de Maubeuge in die Nähe der Gare du Nord fahren lassen. Sie hat das Taxi nicht warten lassen.«

»Ist sie in den Bahnhof hineingegangen?«

»Nein. Sie ist vor einem Geschäft für Reiseartikel stehen geblieben, das auch feiertags geöffnet hat. Der Fahrer hat sich nicht weiter um sie gekümmert.«

»Wo ist er jetzt?«

»Hier. Er ist gerade zurückgekommen.«

»Schickst du ihn zu mir? Ob er seinen Wagen nimmt oder einen anderen, spielt keine Rolle, aber er soll so schnell wie möglich herkommen. Und du wirst dich auf die Suche nach dem Fahrer machen, der sie zurückgebracht hat.«

»Verstanden, Chef. Aber vorher muss ich einen Kaffee mit Schuss trinken, es ist verdammt kalt.«

Maigret warf einen Blick zu dem Haus auf der anderen Straßenseite, sah einen Schatten am Fenster von Mademoiselle Doncœur und sagte zu Lucas:

»Sieh doch mal im Branchentelefonbuch nach, ob du ein Reiseartikelgeschäft findest, das gegenüber der Gare du Nord liegt.«

Lucas brauchte nur ein paar Sekunden, und Maigret rief dort an.

»Hallo. Hier die Kriminalpolizei. Heute Morgen muss kurz vor zehn eine Kundin bei Ihnen gewesen sein, die etwas gekauft hat, wahrscheinlich einen Koffer. Eine junge blonde Frau in grauem Kostüm, mit einer Einkaufstasche in der Hand. Erinnern Sie sich an sie?«

Lag es vielleicht am Weihnachtstag, dass alles wie am Schnürchen lief? Der Verkehr war ruhiger als sonst, und es wurde nur wenig eingekauft. Außerdem neigen die Menschen dazu, sich genauer an Ereignisse zu erinnern, die an einem besonderen Tag passieren.

»Ich selbst habe sie bedient. Sie hat gesagt, sie müsse dringend zu ihrer kranken Schwester nach Cambrai und habe nicht die Zeit, vorher noch einmal nach Hause zu fahren. Sie wollte einen günstigen Kunststoffkoffer haben, einen von denen, die wir an beiden Seiten der Tür gestapelt haben. Sie hat einen mittelgroßen ausgesucht, bezahlt und ist dann in die Bar nebenan gegangen. Als ich etwas später in der Ladentür stand, habe ich sie mit dem Koffer in der Hand zum Bahnhof gehen sehen.«

»Sind Sie allein in dem Geschäft?«

»Ich habe noch einen Angestellten.«

»Könnten Sie sich für eine halbe Stunde freimachen? Nehmen Sie ein Taxi und kommen Sie zu mir, Boulevard Richard-Lenoir.«

»Ich nehme an, Sie werden die Fahrt bezahlen? Soll ich das Taxi warten lassen?«

»Ja, lassen Sie es warten.«

Den Notizen auf dem Umschlag zufolge war es zehn vor sechs, als der Fahrer des ersten Taxis kam. Es überraschte ihn ein wenig, dass man ihn in einer Privatwohnung empfing, schließlich handelte es sich um eine polizeiliche Angelegenheit. Aber er erkannte Maigret und sah sich neugierig um, sichtlich interessiert an den Lebensumständen des berühmten Kommissars.

»Sie gehen jetzt in das Haus gegenüber und dann hoch in den dritten Stock. Wenn die Concierge Sie anhält, sagen Sie ihr, Sie gehen zu Madame Martin.«

»Verstanden. Madame Martin.«

»Sie klingeln an der Tür am Ende des Flurs. Wenn Ihnen eine blonde Dame aufmacht, die Sie wiedererkennen, erfinden Sie irgendeine Ausrede. Sagen Sie ihr, Sie hätten sich in der Etage geirrt oder sonst irgendetwas. Wenn jemand anders öffnet, fragen Sie nach Madame Martin.«

»Und dann?«

»Nichts. Sie kommen wieder her und sagen mir, ob das die Frau ist, die Sie heute Morgen in die Rue de Maubeuge gefahren haben.«

»In Ordnung, Herr Kommissar.«

Als die Tür ins Schloss fiel, konnte sich Maigret ein Lächeln nicht verkneifen. »Beim Ersten wird sie unruhig werden. Beim Zweiten wird sie, wenn alles klappt, in Panik geraten. Beim Dritten, sofern Torrence ihn ausfindig macht …«

Siehe da! Es lief alles nach Plan. Torrence rief an:

»Ich glaube, ich habe ihn gefunden, Chef. Ich habe einen Fahrer ausfindig gemacht, der an der Gare du Nord eine junge Frau aufgenommen hat, auf die die Beschreibung zutrifft. Aber er hat sie nicht zum Boulevard Richard-Lenoir gefahren. Sie ist an der Ecke Boulevard Beaumarchais/Rue du Chemin-Vert ausgestiegen.«

»Schick ihn schnell zu mir.«

»Er scheint sehr tief ins Glas geschaut zu haben.«

»Das ist egal. Wo bist du?«

»Am Taxistand Barbès.«

»Nun, dann ist es kein allzu großer Umweg für dich, wenn du an der Gare du Nord vorbeifährst. Du gehst dort zur Gepäckaufbewahrung. Leider wird nicht derselbe Angestellte wie heute Morgen dort sein. Frag nach, ob dort ein kleiner neuer Kunststoffkoffer liegt. Er kann nicht sehr schwer sein und wurde heute Morgen zwischen halb zehn und zehn dort abgegeben. Notier dir die Nummer. Man wird ihn ohne Vollmacht nicht herausgeben. Aber erkundige dich nach dem Namen und der Adresse des Angestellten, der heute Morgen Dienst hatte.«

»Und was soll ich dann tun?«

»Dann rufst du mich an. Ich warte auf den zweiten Taxifahrer. Wenn er getrunken hat, schreib ihm meine Adresse auf, damit er sich nicht verfährt.«

Madame Maigret war in die Küche gegangen, wo sie das Abendessen zubereitete. Sie hatte nicht zu fragen gewagt, ob Lucas mit ihnen essen würde.

War Paul Martin immer noch gegenüber bei seiner Tochter? Hatte Madame Martin versucht, ihn loszuwerden?

Es klingelte an der Wohnungstür. Auf dem Treppenabsatz standen gleich zwei Männer, die sich nicht kannten und einander erstaunt ansahen.

Der erste Taxifahrer kam schon aus dem Haus gegenüber zurück und traf im Treppenhaus von Maigret den Besitzer des Koffergeschäfts.

»Haben Sie sie wiedererkannt?«

»Nicht nur ich habe sie wiedererkannt, auch sie hat mich wiedererkannt. Sie ist leichenblass geworden und hat hastig eine Zimmertür geschlossen. Dann hat sie mich gefragt, was ich von ihr wolle.«

»Was haben Sie geantwortet?«

»Dass ich mich in der Etage geirrt hätte. Ich habe gemerkt, dass sie überlegte, ob sie mich bestechen sollte, und habe ihr lieber nicht die Zeit dazu gelassen. Von unten habe ich sie am Fenster stehen sehen. Sie weiß wahrscheinlich, dass ich hier hineingegangen bin.«

Der Besitzer des Geschäfts für Reiseartikel verstand nichts. Er war ein Mann mittleren Alters, hatte eine Glatze und war übertrieben freundlich. Nachdem der Fahrer gegangen war, erklärte ihm Maigret, was er tun sollte, aber er hatte Bedenken und wiederholte beharrlich:

»Das ist eine Kundin, verstehen Sie? Und eine

Kundin zu verraten, ist eine sehr heikle Angelegenheit.«

Schließlich erklärte er sich doch dazu bereit. Sicherheitshalber schickte Maigret Lucas hinterher, denn der Mann hätte es sich unterwegs anders überlegen können.

Keine zehn Minuten später waren sie wieder zurück.

»Ich mache Sie darauf aufmerksam, dass ich unter Zwang gehandelt habe, nur auf Ihren Befehl hin.«

»Haben Sie sie wiedererkannt?«

»Werde ich unter Eid aussagen müssen?«

»Höchstwahrscheinlich.«

»Das wird meinem Geschäft schaden. Leute, die im letzten Augenblick einen Koffer kaufen, wollen manchmal nicht, dass man über ihr Kommen und Gehen spricht.«

»Vielleicht wird man sich in diesem Fall mit Ihrer Aussage vor dem Untersuchungsrichter begnügen.«

»Also gut, sie ist es. Sie war zwar anders gekleidet, aber ich habe sie wiedererkannt.«

»Hat sie Sie auch wiedererkannt?«

»Sie hat mich sofort gefragt, wer mich schickt.«

»Was haben Sie geantwortet?«

»Ich weiß es nicht mehr. Es war mir sehr peinlich. Dass ich mich in der Tür geirrt hätte ...«

»Hat sie Ihnen etwas angeboten?«

»Was meinen Sie damit? Sie hat mich nicht einmal aufgefordert, mich zu setzen. Das wäre mir noch unangenehmer gewesen.«

Während der Taxifahrer nichts verlangt hatte, bestand der hier, der wahrscheinlich wohlhabend war, auf einer Entschädigung für die vertane Zeit.

»Nun müssen wir nur noch auf den Dritten warten, mein lieber Lucas.«

Madame Maigret begann nervös zu werden. Sie machte ihrem Mann von der Tür aus diskrete Zeichen, zu ihr in die Küche zu kommen, und dort flüsterte sie:

»Bist du sicher, dass der Vater immer noch dort drüben ist?«

»Warum?«

»Ich weiß es nicht. Ich verstehe nicht recht, was du vorhast. Ich denke an die Kleine und habe ein wenig Angst …«

Die Nacht war schon hereingebrochen. Einige Familien waren wieder zu Hause. Nur wenige Fenster im Haus gegenüber waren noch dunkel, und man sah nach wie vor den Schatten von Mademoiselle Doncœur am Fenster.

Maigret, der noch immer ohne Schlips und Kragen war, zog sich fertig an, während er auf den zweiten Taxifahrer wartete.

»Bedien dich. Hast du keinen Hunger?«, rief er Lucas zu.

»Ich bin mit Sandwiches vollgestopft, Chef. Wenn wir gleich rausgehen, will ich nur eins: ein Bier, frisch vom Fass.«

Der zweite Taxifahrer kam um zwanzig nach sechs. Um fünf nach halb sieben kehrte er mit lüsternem Blick aus dem anderen Haus zurück.

»Im Negligé sieht sie noch besser aus als im Kostüm«, sagte er. »Sie hat mich genötigt einzutreten und gefragt, wer mich schickt. Da ich nicht wusste, was ich darauf antworten sollte, habe ich gesagt, der Direktor der Folies Bergère habe mich geschickt. Da ist sie wütend geworden. Sie ist trotzdem eine Klassefrau. Ich weiß nicht, ob Sie ihre Beine gesehen haben ...«

Es war schwer, ihn loszuwerden, und es gelang erst, nachdem er ein Glas Pflaumenschnaps bekommen hatte, auf den er gierig schielte.

»Was wollen Sie tun, Chef?«

Selten hatte Lucas erlebt, dass Maigret so vorsichtig vorging, den entscheidenden Schlag so sorgfältig vorbereitete. Als rechne er mit einem starken Gegner. Dabei handelte es sich nur um eine Frau, eine unbedeutende Kleinbürgerin.

»Glauben Sie, dass sie sich noch wehren wird?«

»Und wie! Und dazu eiskalt.«

»Worauf warten Sie?«

»Auf den Anruf von Torrence.«

Der Anruf kam pünktlich. Alles lief nach Plan.

»Der Koffer ist hier. Er muss fast leer sein. Wie Sie vorhergesehen haben, wollen sie ihn mir ohne Vollmacht nicht geben. Was den Angestellten angeht, der heute Morgen Dienst hatte. Er wohnt in der Nähe von La Varenne-Saint-Hilaire.«

Man hätte glauben können, das wäre ein Hindernis, dass es jedenfalls alles verzögern könnte.

Aber Torrence fuhr fort:

»Nur hat es keinen Sinn, dorthin zu fahren. Nach Feierabend spielt er nämlich immer Trompete in einem Tanzlokal in der Rue de Lappe.«

»Hol ihn.«

»Soll ich ihn zu Ihnen nach Hause bringen?«

Vielleicht hatte Maigret ja auch Lust auf ein kühles Bier.

»Nein, ins Haus gegenüber, in die dritte Etage, zu Madame Martin. Ich werde dort sein.«

Diesmal nahm Maigret seinen dicken Mantel vom Haken, stopfte sich eine Pfeife und sagte zu Lucas:

»Kommst du?«

Madame Maigret lief hinter ihm her, um ihn zu fragen, wann er zum Essen kommen werde. Er zögerte und sagte dann lächelnd:

»Wie gewöhnlich!«

Das klang nicht gerade beruhigend.

»Pass gut auf die Kleine auf!«

# 5

Um zehn Uhr abends waren sie noch zu keinem greifbaren Resultat gelangt. In dem Haus schlief bestimmt noch niemand, außer Colette, die schließlich eingenickt war, bewacht von ihrem Vater, der nach wie vor an ihrem Bett saß.

Um halb acht war Torrence in Begleitung des Angestellten von der Gepäckaufbewahrung erschienen. Der Freizeitmusiker hatte, genau wie die anderen, ohne zu zögern, erklärt:

»Das ist sie. Ich sehe noch vor mir, wie sie den Schein nicht in eine Handtasche, sondern in eine Einkaufstasche aus braunem Leinen steckte.«

Die Tasche wurde aus der Küche geholt.

»Genau die ist es. Jedenfalls hat sie die gleiche Farbe und die gleiche Form.«

In der Wohnung war es sehr warm. Sie sprachen leise, als hätten sie sich wegen der Kleinen, die nebenan schlief, abgesprochen. Niemand hatte gegessen, niemand hatte auch nur daran gedacht, es zu tun. Bevor sie hinaufgegangen waren, hatten Maigret und Lucas jeder zwei Bier in einem kleinen Café am Boulevard Voltaire getrunken.

Was Torrence betraf, so hatte Maigret ihn, nach dem Besuch des Musikers, in den Flur hinausgezogen und ihm mit leiser Stimme Anweisungen gegeben.

Es schien keinen einzigen Winkel in der Wohnung zu geben, der nicht inspiziert worden war. Selbst die Bilder von Martins Eltern hatte man abgehängt, um sicherzugehen, dass der Gepäckschein nicht unter den Karton geschoben worden war. Das Geschirr hatte man aus dem Schrank genommen, es türmte sich jetzt auf dem Küchentisch, und auch den Vorratsschrank hatte man ausgeräumt.

Madame Martin trug immer noch den hellblauen Morgenrock, in dem die beiden Männer sie angetroffen hatten. Sie rauchte eine Zigarette nach der anderen, und zusammen mit dem Pfeifenrauch bildete das eine dichte Wolke, die sich um die Lampen legte.

»Es steht Ihnen frei, nichts zu sagen und keine Frage zu beantworten. Ihr Mann wird um elf Uhr siebzehn in Paris eintreffen. Vielleicht sind Sie in seiner Gegenwart gesprächiger.«

»Er weiß nicht mehr als ich.«

»Weiß er so viel wie Sie?«

»Es gibt nichts zu wissen. Ich habe Ihnen alles gesagt.«

Sie hatte sich damit begnügt, alles abzustreiten. In einem einzigen Punkt hatte sie nachgegeben. Als die Rede auf die Pension in der Rue Pernelle kam, gab sie zu, dass ihr damaliger Chef sie wohl zwei- oder dreimal in der Nacht besucht habe. Aber sie blieb dabei, dass zwischen ihnen nie intime Beziehungen bestanden hätten.

»Mit anderen Worten, es waren geschäftliche Besuche, mitten in der Nacht?«

»Er kam direkt vom Bahnhof und hatte oft große Summen bei sich. Ich habe Ihnen schon gesagt, dass er mit Gold handelte. Ich hatte nichts damit zu tun. Sie können mich deswegen nicht belangen.«

»Hatte er eine große Summe bei sich, als er verschwand?«

»Ich weiß es nicht. Er hat mich nicht immer in diese Geschäfte eingeweiht.«

»Dennoch kam er nachts in Ihr Zimmer, um mit Ihnen darüber zu sprechen?«

Trotz aller Beweise leugnete sie ihr Kommen und Gehen vom Vormittag immer noch. Sie behauptete, die Männer, die man zu ihr geschickt hatte, noch nie gesehen zu haben, die beiden Fahrer, den Kofferhändler und den Angestellten von der Gepäckaufbewahrung.

»Wenn ich wirklich einen Koffer in der Gare du Nord abgegeben hätte, müssten Sie den Schein finden.«

Maigret war fast sicher, dass man ihn nicht im Haus finden würde, auch nicht in Colettes Zimmer, das Maigret durchsucht hatte, bevor das Mädchen eingeschlafen war. Er hatte sogar an den Gips gedacht, der das Bein des Kindes bedeckte, aber der war schon seit Längerem nicht erneuert worden.

»Morgen«, sagte sie mit harter Stimme, »werde ich Klage einreichen. Es handelt sich um ein abgekartetes Spiel meiner boshaften Nachbarin. Ich hatte allen Grund, ihr zu misstrauen, als sie mich unbedingt zu Ihnen schleppen wollte.«

Immer wieder warf sie einen angespannten Blick auf den Wecker, der auf dem Kaminsims stand, und dachte offensichtlich an die Rückkehr ihres Mannes. Aber trotz ihrer Ungeduld ließ sie sich zu keinem Fehler verleiten.

»Gestehen Sie, dass der Mann, der letzte Nacht hier war, nichts unter dem Fußboden gefunden hat, weil Sie das Versteck gewechselt haben.«

»Ich weiß nicht einmal, ob jemals etwas unter dem Fußboden gelegen hat.«

»Als Sie erfuhren, dass er hier gewesen war, um wieder an sich zu nehmen, was Sie verstecken, kam Ihnen die Gepäckaufbewahrung in den Sinn, wo Ihr Schatz in Sicherheit sein würde.«

»Ich bin nicht zur Gare du Nord gefahren, und es gibt Tausende von blonden Frauen in Paris, auf die meine Personenbeschreibung zutrifft.«

»Was haben Sie mit dem Schein gemacht? Er ist nicht hier. Ich bin davon überzeugt, dass er nicht in der Wohnung versteckt ist, aber ich glaube, ich weiß, wo wir ihn finden werden.«

»Sie sind ja sehr schlau.«

»Setzen Sie sich an diesen Tisch.«

Er reichte ihr ein Blatt Papier und einen Füllfederhalter.

»Schreiben Sie!«

»Was soll ich schreiben?«

»Ihren Namen und Ihre Adresse.«

Nach kurzem Zögern tat sie es.

»Heute Nacht werden alle Briefe untersucht, die in die Postkästen im Viertel geworfen wurden, und ich wette, darunter wird auch einer mit Ihrer Schrift sein. Wahrscheinlich haben Sie ihn an sich selbst adressiert.«

Er beauftragte Lucas, Nachforschungen in diese Richtung zu veranlassen. In Wirklichkeit versprach er sich wenig davon, aber der Schlag hatte gesessen.

»Wissen Sie, das ist geradezu klassisch, meine Liebe!«

Zum ersten Mal nannte er sie so, wie er es am Quai des Orfèvres getan hätte, und sie warf ihm einen wütenden Blick zu.

»Geben Sie zu, dass Sie mich hassen.«

»Ich gestehe, dass Sie mir nicht sonderlich sympathisch sind.«

Sie waren jetzt allein im Esszimmer. Maigret ging

langsam auf und ab, während sie am Tisch sitzen blieb.

»Und wenn es Sie interessiert, möchte ich noch hinzufügen, dass mich nicht das am meisten entsetzt, wozu Sie fähig waren, sondern Ihre Kaltblütigkeit. Und ich habe schon viele Männer und Frauen gesehen. Wir sind jetzt drei Stunden zusammen, und man kann wohl sagen, dass Sie seit heute Morgen das Gefühl haben müssen, am Ende zu sein. Sie sind noch nicht einmal ins Straucheln geraten. Ihr Mann wird zurückkommen, und Sie werden versuchen, sich als das Opfer hinzustellen. Aber Sie wissen, dass wir früher oder später die Wahrheit herausbekommen werden.«

»Was soll Ihnen das nützen? Ich habe nichts getan.«

»Warum verbergen Sie dann etwas? Warum lügen Sie?«

Sie antwortete nicht, dachte aber nach. Anders als die meisten verlor sie nicht die Nerven. Ihr Verstand suchte nach einem Ausweg und wog das Für und Wider ab.

»Ich werde nichts sagen.«

Sie setzte sich in einen Sessel und zog ihren Morgenrock über die Knie.

»Wie Sie wollen.«

Er machte es sich in einem Sessel ihr gegenüber bequem.

»Gedenken Sie, noch lange hier zu bleiben?«

»Jedenfalls bis zur Rückkehr Ihres Mannes.«

»Werden Sie ihm sagen, dass Monsieur Lorilleux mich in der Pension besucht hat?«

»Wenn es sein muss.«

»Sie sind ein Ekel! Jean weiß nichts, er hat nichts mit der Sache zu tun.«

»Er ist unglücklicherweise Ihr Mann.«

Als Lucas wieder heraufkam, saßen die beiden einander stumm gegenüber und warfen sich verstohlene Blicke zu.

»Janvier kümmert sich um den Brief, Chef. Ich habe Torrence unten getroffen, und er hat mir gesagt, der Mann sei beim Weinhändler, zwei Häuser weiter.«

Sie sprang auf.

»Welcher Mann?«

Maigret blieb ungerührt.

»Der Mann, der letzte Nacht hier war. Sie rechneten wohl damit, dass er wiederkommen würde, da er nichts gefunden hat. Vielleicht wird er diesmal in einer anderen Stimmung sein?«

Sie blickte entsetzt auf die Uhr. Es waren nur noch zwanzig Minuten, bis der Zug aus Bergerac am Bahnhof eintraf. Wenn ihr Mann ein Taxi nahm, würde er spätestens in vierzig Minuten da sein.

»Wissen Sie, wer es ist?«

»Ich ahne es. Ich könnte hinuntergehen, um mich

zu vergewissern. Es ist gewiss Lorilleux, der darauf aus ist, sein Geld wieder in seinen Besitz zu bringen.«

»Es ist nicht sein Geld.«

»Nun, nehmen wir an, dass er es, ob zu Recht oder Unrecht, als sein Geld betrachtet. Er wird wohl auf dem Trockenen sitzen. Er war zweimal hier, ohne zu bekommen, was er wollte. Er ist als Weihnachtsmann verkleidet wiedergekommen und wird noch einmal wiederkommen. Er wird sehr überrascht sein, Sie in unserer Gesellschaft vorzufinden, und gesprächiger sein als Sie, davon bin ich überzeugt. Entgegen dem, was man gemeinhin annimmt, sind Männer redseliger als Frauen. Glauben Sie, dass er eine Waffe bei sich hat?«

»Ich weiß es nicht.«

»Ich gehe davon aus. Er hat das Warten satt. Ich weiß nicht, was Sie ihm erzählt haben, aber er glaubt Ihnen nicht. Er ist übrigens ein übler Kerl, dieser Herr. Es gibt nichts Unbarmherzigeres als Weichlinge, wenn sie wütend werden.«

»Seien Sie still!«

»Sollen wir uns zurückziehen, damit Sie ihn allein empfangen können?«

In Maigrets Notizen war zu lesen:

Zehn Uhr achtunddreißig. Sie spricht.

Aber es gab kein Protokoll von dieser ersten Aussage. Es waren abgehackte Sätze, die sie ihm boshaft entgegenschleuderte, und oft vollendete Maigret auf gut Glück für sie die Sätze, während sie ihm nicht widersprach oder sich damit begnügte, ihn zu berichtigen.

»Was wollen Sie wissen?«

»Ist Geld in dem Koffer, den Sie bei der Gepäckaufbewahrung abgegeben haben?«

»Banknoten. Etwas weniger als eine Million.«

»Wem gehörte dieses Geld? Lorilleux?«

»Lorilleux ebenso wenig wie mir.«

»Einem seiner Kunden?«

»Einem gewissen Julien Boissy, der häufig ins Geschäft kam.«

»Was ist aus ihm geworden?«

»Er ist tot.«

»Wie ist er gestorben?«

»Er ist umgebracht worden.«

»Von wem?«

»Von Lorilleux.«

»Warum?«

»Weil ich ihn glauben ließ, dass ich mit ihm weggehen würde, wenn er viel Geld besäße.«

»Waren Sie da schon verheiratet?«

»Ja.«

»Lieben Sie Ihren Mann nicht?«

»Ich hasse Mittelmäßigkeit. Ich bin mein Leben lang arm gewesen. Mein Leben lang habe ich nur von Geld, von notwendigen Entbehrungen sprechen hören. Mein Leben lang wurde um mich herum gerechnet, und auch ich habe rechnen müssen.«

Sie ließ ihre Wut an Maigret aus, als wäre er schuld an ihrem Elend.

»Wären Sie mit Lorilleux weggegangen?«

»Ich weiß es nicht. Vielleicht für eine gewisse Zeit.«

»Um ihm dann sein Geld abzunehmen?«

»Ich hasse Sie!«

»Wie ist der Mord begangen worden?«

»Monsieur Boissy war Stammkunde im Geschäft.«

»Ein Liebhaber erotischer Bücher?«

»Er war lüstern wie die anderen, wie Lorilleux, wie Sie wahrscheinlich auch. Er war Witwer und lebte allein in einem Hotelzimmer, aber er war sehr reich und auch sehr geizig. Alle Reichen sind geizig.«

»Sie sind dennoch nicht reich.«

»Ich wäre es geworden.«

»Wenn Lorilleux nicht wiederaufgetaucht wäre. Wie ist Boissy gestorben?«

»Er hatte Angst vor einer Entwertung des Geldes und wollte Gold haben, wie alle damals. Monsieur Lorilleux handelte damit und fuhr regelmäßig in die Schweiz, um welches zu holen. Er ließ sich im Voraus bezahlen. Eines Nachmittags hat Monsieur

Boissy eine große Summe ins Geschäft gebracht. Ich war nicht da. Ich war gerade einkaufen gegangen.«

»Absichtlich?«

»Nein.«

»Ahnten Sie nicht, was geschehen würde?«

»Nein. Versuchen Sie nicht, mir etwas in den Mund zu legen. Sie vergeuden nur Ihre Zeit. Als ich zurückkam, war Lorilleux dabei, die Leiche in eine große Kiste zu packen, die er zu diesem Zweck gekauft hatte.«

»Haben Sie ihn erpresst?«

»Nein.«

»Warum ist er verschwunden, nachdem er Ihnen das Geld gegeben hatte?«

»Weil ich ihm Angst eingejagt habe.«

»Haben Sie ihm mit einer Anzeige gedroht?«

»Nein. Ich habe ihm nur gesagt, die Nachbarn hätten mich merkwürdig angeschaut und es sei vielleicht klüger, das Geld für eine Weile in Sicherheit zu bringen. Ich habe ihm von einer Diele im Fußboden meiner Wohnung erzählt, die sich leicht herausheben und wieder zurücklegen lasse. Er glaubte, es sei nur für ein paar Tage. Zwei Tage später hat er mir vorgeschlagen, mit ihm nach Belgien zu fahren.«

»Haben Sie abgelehnt?«

»Ich habe ihm vorgeschwindelt, ein Mann, der

mir wie ein Polizeiinspektor vorgekommen sei, habe mich auf der Straße angehalten und mir Fragen gestellt. Da hat er es mit der Angst bekommen. Ich habe ihm einen kleinen Teil des Geldes gegeben und versprochen, zu ihm nach Brüssel zu fahren, sobald die Gefahr vorüber wäre.«

»Was hat er mit Boissys Leiche gemacht?«

»Er hat sie in sein kleines Haus auf dem Land gebracht, am Ufer der Marne. Ich nehme an, er hat sie dort vergraben oder in den Fluss geworfen. Er ist mit einem Taxi dorthin gefahren. Niemand hat später mehr nach Boissy gefragt. Niemand hat sich über sein Verschwinden beunruhigt.«

»Ist es Ihnen gelungen, Lorilleux allein nach Belgien zu schicken?«

»Das war sehr leicht.«

»Und Sie haben ihn fünf Jahre fernhalten können?«

»Ich schrieb ihm postlagernd, dass er gesucht werde, dass darüber nichts in den Zeitungen stehe, weil man ihm eine Falle stellen wolle. Ich erzählte ihm, dass ich unaufhörlich von der Polizei verhört würde. Ich habe ihn sogar nach Südamerika geschickt …«

»Vor zwei Monaten ist er zurückgekommen?«

»Ungefähr. Er war am Ende.«

»Haben Sie ihm kein Geld geschickt?«

»Nur sehr wenig.«

»Warum?«

Sie antwortete nicht, sondern sah auf die Uhr.

»Werden Sie mich mitnehmen? Wessen beschuldigen Sie mich? Ich habe nichts getan. Ich habe Boissy nicht getötet. Ich war nicht dabei, als er starb. Ich habe nicht geholfen, die Leiche wegzuschaffen.«

»Machen Sie sich keine Sorgen um Ihr Schicksal. Sie haben das Geld behalten, weil Sie Ihr Leben lang welches besitzen wollten, nicht, um es auszugeben, sondern um sich reich zu fühlen und vor Armut gefeit.«

»Das geht nur mich etwas an.«

»Als Lorilleux zu Ihnen kam, um Sie um Hilfe zu bitten oder darum, Ihr Versprechen einzulösen, mit ihm zu fliehen, haben Sie sich Colettes Unfall zunutze gemacht und behauptet, Sie kämen nicht an das Versteck heran. Ist das richtig? Sie wollten ihn dazu bewegen, ins Ausland zu gehen?«

»Er ist in Paris geblieben, hat sich hier versteckt.«

Ihre Lippen verzogen sich zu einem merkwürdigen, erzwungenen Lächeln, und sie konnte es nicht unterlassen, zu murmeln:

»Dieser Dummkopf! Er hätte jedermann seinen Namen sagen können, ohne dass ihm das Geringste passiert wäre.«

»Trotzdem hat er sich den Trick mit dem Weihnachtsmann ausgedacht.«

»Nur war das Geld nicht mehr unter dem Fußboden. Es war hier in meinem Nähkasten. Vor seiner Nase. Er hätte bloß den Deckel hochheben müssen.«

»In zehn oder fünfzehn Minuten wird Ihr Mann hier sein. Lorilleux, der sich gegenüber aufhält, weiß das wahrscheinlich, denn er hat sich erkundigt. Er weiß, dass Martin in Bergerac war, und hat bestimmt im Fahrplan nachgesehen. Wahrscheinlich ist er gerade dabei, sich Mut zu machen. Es würde mich sehr wundern, wenn er keine Waffe bei sich hätte. Möchten Sie auf die beiden warten?«

»Nehmen Sie mich mit. Ich will mir nur schnell ein Kleid überziehen …«

»Und der Gepäckschein?«

»Postlagernd am Boulevard Beaumarchais.«

Sie ging ins Schlafzimmer, ließ die Tür offen und zog ohne die geringste Scham ihren Morgenrock aus, setzte sich auf die Bettkante, um Strümpfe überzustreifen, und holte ein Wollkleid aus dem Schrank.

Zuletzt nahm sie eine Reisetasche und packte hastig Toilettensachen und Wäsche hinein.

»Gehen wir, schnell!«

»Und Ihr Mann?«

»Der Dummkopf ist mir sch…egal.«

»Colette?«

Sie antwortete nicht, sondern zuckte nur mit den

Schultern. Mademoiselle Doncœurs Tür bewegte sich, als sie vorbeigingen. Auf der Straße bekam sie Angst. Sie drängte sich zwischen die beiden Männer und spähte forschend in den Nebel.

»Fahr sie zum Quai des Orfèvres, Lucas. Ich bleibe hier.«

Es war weit und breit kein Taxi zu sehen, und man spürte, dass der Gedanke sie erschreckte, nur vom kleinen Lucas begleitet durch die Dunkelheit gehen zu müssen.

»Haben Sie keine Angst. Lorilleux ist nicht in der Nähe.«

»Sie haben gelogen!!!«

Maigret ging zurück ins Haus.

Das Gespräch mit Jean Martin dauerte zwei lange Stunden, und die meiste Zeit war sein Bruder dabei.

Als Maigret um halb zwei morgens das Haus verließ, blieben die zwei Männer zusammen in der Wohnung. Unter Mademoiselle Doncœurs Tür war Licht zu sehen, aber sie wagte nicht, sie zu öffnen, wahrscheinlich aus Scham, und begnügte sich damit, den Schritten des Kommissars zu lauschen.

Er überquerte den Boulevard und ging in seine Wohnung, wo er seine Frau antraf, die in einem Sessel neben dem gedeckten Esszimmertisch eingeschlafen war. Sie fuhr jäh auf.

»Bist du allein?«

Er sah sie erstaunt und belustigt an.

»Hast du die Kleine nicht mitgebracht?«

»Heute Nacht nicht. Sie schläft. Morgen früh kannst du sie holen, aber du wirst sehr nett zu Mademoiselle Doncœur sein müssen.«

»Ist das wahr?«

»Ich werde zwei Krankenschwestern mit einer Trage hinschicken.«

»Aber … werden wir …«

»Nein. Nicht für immer, verstehst du? Es kann sein, dass Jean Martin darüber hinwegkommt … Es kann auch sein, dass sein Bruder gesund wird und eines Tages wieder heiratet …«

»Sie wird uns also nicht gehören?«

»Nein. Nur leihweise. Ich dachte mir, das wäre besser als nichts und du würdest dich darüber freuen.«

»Natürlich freue ich mich … Aber … Aber …«

Sie schluchzte leise, suchte nach einem Taschentuch, fand keins und vergrub das Gesicht in ihrer Schürze.

*Carmel-by-the-Sea (Kalifornien), Mai 1950*

## Dror Mishani

## *Geplatzte Träume und vermeintliche Verbrecher*

Der Grund, warum ich mich entschieden habe, von den mehr als einhundert Romanen und Erzählungen um Kommissar Jules Maigret ein Nachwort ausgerechnet zu *Weihnachten bei den Maigrets* zu schreiben, besteht wohl darin, dass diese 1950 verfasste und 1951 erschienene subtile und melancholische Erzählung sowohl repräsentativ für alle Texte des Maigret-Korpus ist – als auch vollkommen außergewöhnlich.

Zunächst einmal: Warum außergewöhnlich?

Um dies zu verstehen, müssen wir uns zurück in die Zeit versetzen, in der Georges Simenon seinem Verleger Arthème Fayard erstmals ein literarisches Werk vorlegte, in dessen Mittelpunkt der Pariser Ermittler steht.

Man schreibt das Jahr 1931. Der damals neunundzwanzigjährige Autor Simenon hat bis dahin unter einer Vielzahl von Pseudonymen äußerst produktiv das Genre der Trivialliteratur bedient und vor allem Abenteuerromane verfasst. Bekanntermaßen erklärt sich sein Verleger Fayard schließlich bereit, Simenons *Pietr der Lette* (*Pietr-le-Letton*) zu verlegen, bringt zugleich aber große Vorbehalte zum Ausdruck.

So behauptet Fayard, das Manuskript sei recht eigentlich gar kein Kriminalroman, da es nicht dem Muster der englischsprachigen Detektivgeschichte entspreche, ein Genre, das Mitte des 19. Jahrhunderts von Edgar Allan Poe erfunden und zu Beginn des 20. Jahrhunderts von Schriftstellern wie Arthur Conan Doyle und Agatha Christie verfeinert worden war. Die Ermittlungsweise Maigrets etwa sei nicht wissenschaftlich fundiert wie die Deduktionstechnik eines Sherlock Holmes oder Hercule Poirot. Außerdem stößt sich Fayard an der Farblosigkeit Maigrets, eines verheirateten kleinen Beamten, dessen Leben nicht annähernd so stürmisch oder geheimnisvoll daherkommt wie das eines C. Auguste Dupin oder Sherlock Holmes. Und ebenso am Schluss des Romans, der nach Einschätzung des Verlegers kein klassisches Happy End, sondern »ein weder gutes noch schlechtes« Ende bietet.

Arthème Fayard war der Ansicht, aus nämlichen Gründen dürfte Simenons Kommissar kaum nennenswerter wirtschaftlicher Erfolg im Buchhandel beschieden sein, womit er nachweislich irrte. Fayards Diagnose der Andersartigkeit von Simenons Werk im Vergleich zu den bis dahin verfassten Detektiv- und Kriminalgeschichten war aber nicht falsch. Die »Anomalie« der *Maigrets* – die es uns ermöglicht, Simenons Werke auch heute noch zu lesen und zu genießen (im Gegensatz etwa zu vielen Holmes- oder Poirot-Geschichten) – hat eine literarische Dimension und zugleich eine ideologische oder philosophische.

Waren in der klassischen Detektivgeschichte die Grenzen zwischen Gut und Böse noch klar gezogen und bestand die Aufgabe des (»guten«) Ermittlers darin, das »Böse« aus der Welt zu schaffen, so verschwimmen in Simenons Kriminalgeschichten die Grenzen zwischen Gut und Böse. Maigret lehrt die Leser, dass auch die »Bösen« – kleine Diebe und Erpresser, aber auch Berufsverbrecher, ja sogar Mörder –

durch tragische Umstände zu solchen geworden sind oder weil sie keine andere Wahl hatten, ja mitunter sogar aus eigentlich guten Absichten.

War der klassische Ermittler noch damit befasst, die Schuldigen zu finden und dabei grundsätzlich alle Menschen unter Generalverdacht zu stellen (man denke nur an einen der charakteristischen Sätze Hercule Poirots, entnommen seinem letzten Fall *Vorhang*: »Jeder von uns ist ein potenzieller Mörder«), so ist es Maigret um einen Freispruch zu tun, um das Aufdecken mildernder Umstände und den Nachweis der eigentlichen Unschuld aller Menschen, selbst wenn diese kriminell sind.

Fayard hatte recht. Was Maigret leitet, ist nicht Misstrauen, sondern Empathie. Und auch wenn er die Täter schließlich fasst, ist das Ergebnis seiner Ermittlungen in dem Sinne ein anderes, als zuletzt auch jene Kriminellen in aller Regel auf eigentliche, emotionale oder philosophische Weise für unschuldig befunden werden, die es nach juristischen Maßstäben nicht sind. In der Kriminalliteratur vor Simenon bestimmt nicht das Moment der Empathie den Gang der Ermittlungen, und auch nach ihm finden sich nur wenige Autoren, denen Ähnliches gelingt. Diejenigen aber, denen es gelingt (wie etwa Henning Mankell), zählen zu den Größten ihres Fachs.

In dieser Hinsicht schlägt *Weihnachten bei den Maigrets* allerdings aus der Art, da hier geschildert wird, wie Kommissar Maigret fehlgeht und eine Frau überführt, die vielleicht unschuldig ist. Gut möglich, dass diese Lesart manche Leser empören wird. Aber kann man wirklich übersehen, dass Maigret die Verhaftung einer Frau veranlasst, um ihr das in ihrer Obhut befindliche Kind zu rauben und es seiner eigenen Frau, Madame Maigret, zum Weihnachtsgeschenk zu machen?

Der Anfang der Geschichte steht ganz im Zeichen der Einsamkeit der Eheleute Maigret und der traurigen Begleitumstände des Weihnachtsfestes, über die keiner von ihnen zu sprechen wagt. Beide sind sie schon über fünfzig. Sie haben keine nahen Verwandten und werden die Weihnachtstage allein in der stillen Wohnung am Boulevard Richard-Lenoir 132 verbringen, wie jedes Jahr.

Der Schmerz der Maigrets, vor allem der von Louise Maigret, speist sich aus der Tatsache, dass das Paar kinderlos ist. Auf der Straße, unter ihrem Fenster, zeigen Kinder einander die Geschenke, die sie zum Fest bekommen haben, aus den umliegenden Wohnungen sind die Stimmen spielender Kinder zu hören, und Jules und Louise Maigret versuchen krampfhaft, die Kinder nicht zu sehen und zu hören, vor allem aber nicht über das für sie so schmerzliche Fehlen nachzudenken. »Nein! Nicht daran denken. Nichts sagen, was sie daran erinnern könnte.«

Kurze Zeit später stehen zwei Frauen vor der Tür, die im Haus gegenüber wohnen und dem Kommissar von einer möglichen Straftat berichten wollen, die sich in der Wohnung der einen zugetragen haben könnte, einer Madame Martin. Maigret erfährt, dass Madame Martin und ihr Mann ihre Nichte, die siebenjährige Colette, großziehen, die sie nach dem Verkehrsunfalltod der leiblichen Mutter in Obhut genommen haben. In der Nacht vor dem Weihnachtstag sei ein als Weihnachtsmann verkleideter Mann in Colettes Schlafzimmer eingedrungen, habe ihr eine Puppe als Geschenk dagelassen und womöglich das Zimmer nach etwas durchsucht. Maigret meint auch herauszuhören, dass es um die Beziehung der Eheleute Martin nicht zum Besten bestellt ist und dass Loraine Martin nicht eben begeistert ist, ihre Nichte Colette großzuziehen – und er wittert eine Gelegenheit.

Eine Gelegenheit wozu?

Als die beiden Nachbarinnen gegangen sind, fragt Louise Maigret ihren Mann, ob er zufrieden sei. (Aber was genau meint sie damit?) Der Erzähler reagiert im Namen des Kommissars – verleiht dessen Bewusstsein eine Stimme – und deutet die wahren Beweggründe Maigrets an: »Er durfte nicht einmal so tun, als verstünde er. Man ließ ihm an diesem Weihnachtsmorgen nicht die Muße, an das alte Ehepaar zu denken, das sie waren, ein altes Ehepaar, das niemanden hatte, den es verwöhnen konnte. Es war Zeit, dass er sich rasierte, um Colette zu besuchen.«

Der weitere Verlauf der Geschichte ist von überraschender Grausamkeit. Will sagen, Maigrets Grausamkeit.

Die plausibelste Erklärung für den Auftritt des Weihnachtsmanns in Colettes Schlafzimmer, dass es sich nämlich dabei um Colettes Vater Paul Martin gehandelt haben könnte, der nach dem Unfalltod seiner Frau auf die schiefe Bahn geraten ist, seiner Tochter aber zum Weihnachtsfest eine Freude machen wollte – diese Erklärung verwirft Maigret umstandslos und beschuldigt stattdessen Loraine Martin der Beteiligung an einem Raub und Mord, eine Mittäterschaft, die sie bis zum Schluss nicht gestehen wird. Im Gegenteil. Es ist eines der wenigen Male überhaupt, an die ich mich im gewaltigen Maigret-Korpus erinnere, dass der Erzähler bekundet: »Aber es gab kein Protokoll [...]. Es waren abgehackte Sätze, die sie ihm boshaft entgegenschleuderte, und oft vollendete Maigret auf gut Glück für sie die Sätze, während sie ihm nicht widersprach oder sich damit begnügte, ihn zu berichtigen«, um so bei uns Lesern Zweifel zu säen hinsichtlich der Glaubwürdigkeit der Aussagen, die im anschließend wiedergegebenen Gespräch zwischen Maigret und Loraine Martin gefallen sein sollen.

Und am Ende der Geschichte, nach der Festnahme Loraine Martins, sorgt Kommissar Maigret dafür, dass die kleine Colette in Obhut kommt bei ... beim Ehepaar Maigret höchstselbst! Dergestalt macht Jules Maigret seiner Frau ein Weihnachtsgeschenk, das sich diese nicht einmal zu wünschen gewagt hat, um den Preis der Inhaftierung einer Frau indes, die womöglich, ja wahrscheinlich unschuldig ist. So endet die Erzählung mit einem stockenden Gespräch zwischen Maigret und seiner Frau über die Verwirklichung einer heimlichen, uneingestandenen Fantasie, die die Handlung von Anfang an vorangetrieben hat:

»›Hast du die Kleine nicht mitgebracht?‹

›Heute Nacht nicht. Sie schläft. Morgen früh kannst du sie holen [...].‹

›Aber ... werden wir ...‹

›Nein. Nicht für immer, verstehst du? [...]‹

›Sie wird uns also nicht gehören?‹

›Nein. Nur leihweise. Ich dachte mir, das wäre besser als nichts und du würdest dich darüber freuen.‹

›Natürlich freue ich mich ... Aber ... Aber ...‹«

Soweit also meine Erklärung, warum *Weihnachten bei den Maigrets* eine Sonderstellung unter den Maigret-Geschichten einnimmt, in denen der Kommissar für gewöhnlich nicht schuldig-, sondern freispricht. Zugleich jedoch ist diese Erzählung auch charakteristisch für das Schreiben Simenons und ermöglicht uns, über einige Eigenschaften zu sprechen, die sein Werk so beliebt machen, weil sie zur Identifizierung mit seinen Figuren einladen.

Simenon ist ein Autor, der vieles bewundernswert in Worte zu fassen vermag, der mehr als alles andere aber zu beschreiben in der Lage ist, wie unsere Träume platzen. Seine Figuren sind immer Menschen, die in jungen Jahren Träume hegen, die sich nicht erfüllen. Sie führen ihr Leben im Schatten eines Lebens, das sie eigentlich hätten haben sollen. Simenons Täterfiguren sind in aller Regel Menschen, die nicht bereit sind, auf ihre Jugendträume zu verzichten. Und für deren Verwirklichung überschreiten sie die Grenze zwischen Erlaubtem und Verbotenem, zwischen Gesetzlichem und Ungesetzlichem.

Und dies ist im Grunde auch die tragische Geschichte ausnahmslos aller Figuren in dieser Erzählung.

Es ist die Geschichte Paul Martins, Vater der kleinen Colette, dessen Leben auf einen Schlag durch einen Autounfall zerstört wird, bei dem er seine Frau verliert, was ihn in Alkoholismus und Obdachlosigkeit abgleiten lässt. Und es ist die Geschichte Loraine Martins, die, aus einfachsten Verhältnissen stammend, ihr ganzes Leben davon geträumt hat, in Luxus und Reichtum zu leben, weshalb sie sich – glaubt man Maigret – der Mittäterschaft an einem Raub und Mord schuldig macht und ihre Tage im Gefängnis beschließt. Aber es ist auch die Geschichte von Jules und Louise Maigret, die ein scheinbar glückliches Leben führen, tatsächlich jedoch nie den Schmerz über ihre Kinderlosigkeit verwinden.

Liest man die Geschichte auf eine Art, ist Loraine Martin die Verbrecherin in dieser Erzählung. Sie lässt sich in einen Raub und anschließenden Mord verwickeln, um ihren Traum zu verwirklichen: der Armut zu entkommen, in die sie hineingeboren wurde. Wählt man jedoch meine Lesart, sind Jules und Louise Maigret die Bösewichte, die einer Frau ein Verbrechen anhängen, nur um ihr das Kind zu rauben, das sie aufzieht. Doch ganz gleich, wie man die Geschichte interpretiert, die Taten sind und bleiben das Ergebnis des Versuchs, Lebensträume doch noch wahr werden zu lassen.

Die Tatsache, dass sich die Geschichte am Weihnachtstag zuträgt und ihren Ursprung in der Begegnung eines siebenjährigen Mädchens mit dem Weihnachtsmann hat, akzentuiert die Aussage, dieses Schicksal teilten alle Figuren, wie sie Simenon in seinen Werken schreibend erschafft, ja, alle Menschen miteinander.

Wir alle entwickeln in unserer Kindheit Träume oder glauben an das Gute und Mögliche. Aber im Erwachsenenalter kommen wir zur Vernunft, träumen nicht mehr und glauben auch nicht mehr an den Weihnachtsmann. Die allermeisten von uns führen ein Leben, das von Trauer um diesen Verlust bestimmt ist. Und dann gibt es jene, die nicht verzichten mögen und alles tun, um ihre Träume doch noch Wirklichkeit werden zu lassen – sie finden wir in Gefängnissen und Zuchthäusern.

Lässt sich ein Grund dafür denken, dass Simenon ausgerechnet im Jahr 1950 eine derart von Gefühlen der Melancholie und des Verlusts durchsetzte Geschichte verfasste, vielleicht eines seiner explizitesten Werke über geplatzte Träume überhaupt (obgleich sein Œuvre nicht eben wenige davon aufweist)? Eine mögliche Erklärung, die mir erst jetzt in den Sinn kommt, ist die Tatsache, dass Simenon *Weihnachten bei den Maigrets* in den Vereinigten Staaten verfasste, fünf Jahre nachdem er aus Frankreich emigriert war, wo er des Antisemitismus und der Kollaboration mit dem Vichy-Regime bezichtigt wurde und eine Anklage befürchten musste. Simenon lebte kurze Zeit in Kanada und danach für viele Jahre in den USA und sollte bis an sein Lebensende nicht wieder in Paris wohnhaft werden, der Stadt, in die er Anfang der zwanziger Jahre gekommen war, um sie zu erobern und dort zum Schriftsteller zu werden.

Im Jahr 1950, als er seine Erzählung niederschreibt, ist Simenon tatsächlich, was er sich damals erträumt hatte: ein namhafter Autor, einer der erfolgreichsten Schriftsteller seiner Zeit, aber er ist gezwungen, fern von Paris zu leben, seiner geliebten Stadt, Ausgangspunkt seines Ruhmes und der Ort, an dem auch weiterhin viele seiner Maigret-Geschichten angesiedelt sein werden.

Ja, mehr noch: *Weihnachten bei den Maigrets* spielt fast ausschließlich in Maigrets wohlbekannter anheimelnder Wohnung am Boulevard Richard-Lenoir 132, jener Wohnung, die der Kommissar bis zu seiner Pensionierung nicht verlassen wird und die – ähnlich der Behausung von Sherlock Holmes in der Baker Street – zu einem der berühmtesten Schauplätze der Literaturgeschichte werden sollte.

Diese Erzählung, die mit dem Versuch befasst ist, ein familiäres Phantasma zu realisieren, verfasste Georges Simenon unendlich weit entfernt vom Boulevard Richard-Lenoir – und vielleicht auch deshalb steckt *Weihnachten bei den Maigrets* so voller Sehnsüchte.

*Aus dem Hebräischen von Markus Lemke*

# DER GANZE SIMENON

Die erste deutschsprachige Gesamtausgabe

## DER GANZE MAIGRET

Alle 75 Maigret-Romane und 28 Maigret-Erzählungen. In neuen oder grundlegend revidierten Übersetzungen. Ausgewählte Romane mit Nachworten von Andrea Camilleri, Tim Parks, Karl-Heinz Ott, Rüdiger Safranski, Jean-Luc Bannalec und vielen anderen.

## DIE GROSSEN ROMANE

Alle 117 großen Romane, einige seit Jahrzehnten endlich wieder lieferbar. Teilweise in neuen oder vollständig revidierten Übersetzungen. Mit Nachworten von Friedrich Ani, John Banville, Julian Barnes, William Boyd, Axel Hacke, Daniel Kehlmann, Martin Mosebach, Joyce Carol Oates, Hans-Ulrich Treichel und vielen anderen. Eine Kooperation der Verlage Kampa und Hoffmann und Campe.

## AUSSERDEM

Zum ersten Mal alle Erzählungen, viele davon als deutsche Erstveröffentlichungen, literaturkritische Essays, Reportagen, autobiographische Schriften, Briefe und Gespräche.

»Manche fragen mich:
Was soll ich von Simenon lesen? –
Ich antworte: Alles!«
*André Gide*

## DIE MAIGRET-ROMANE

*Maigret und Pietr der Lette*
Der 1. Fall
Deutsch von Susanne Röckel
Neuübersetzung
Mit einem Nachwort von
Tobias Gohlis

*Maigret und der Gehängte von Saint-Pholien*
Der 3. Fall
Deutsch von Gerhard Meier
Neuübersetzung

*Maigret und der Treidler der Providence*
Der 4. Fall
Deutsch von Rainer Moritz
Neuübersetzung
Mit einem Nachwort von
Rüdiger Safranski

*Maigret kämpft um den Kopf eines Mannes*
Der 5. Fall
Deutsch von Brigitte Große
Neuübersetzung

*Maigret und der gelbe Hund*
Der 6. Fall
Deutsch von Elisabeth Edl
und Wolfgang Matz
Neuübersetzung
Mit einem Nachwort von
Wolfgang Matz

*Maigrets Nacht an der Kreuzung*
Der 7. Fall
Deutsch von Hansjürgen Wille,
Barbara Klau und Bärbel Brands
Grundlegend überarbeitete
Übersetzung

*Maigret und das Verbrechen in Holland*
Der 8. Fall
Deutsch von Hansjürgen Wille,
Barbara Klau und Julia Becker
Grundlegend überarbeitete
Übersetzung
Mit einem Nachwort von
Tim Parks

*Maigret beim Treffen der Neufundlandfahrer*
Der 9. Fall
Deutsch von Hansjürgen Wille,
Barbara Klau und Mirjam
Madlung. Grundlegend
überarbeitete Übersetzung

*Maigret und die kleine Landkneipe*
Der 11. Fall
Deutsch von Rainer Moritz
Neuübersetzung
Mit einem Nachwort von
Michael Dibdin

*Maigret bei den Flamen*
Der 14. Fall
Deutsch von Hansjürgen Wille,
Barbara Klau und Bärbel Brands
Grundlegend überarbeitete
Übersetzung

*Maigret in der Liberty Bar*
Der 17. Fall
Deutsch von Hansjürgen Wille,
Barbara Klau und Mirjam
Madlung. Grundlegend
überarbeitete Übersetzung

*Maigret und die Schleuse Nr. 1*
Der 18. Fall
Deutsch von Hansjürgen Wille, Barbara Klau und Mirjam Madlung. Grundlegend überarbeitete Übersetzung

*Maigret und die Keller des Majestic*
Der 20. Fall
Deutsch von Hansjürgen Wille, Barbara Klau und Cornelia Künne. Grundlegend überarbeitete Übersetzung

*Maigret im Haus des Richters*
Der 21. Fall
Deutsch von Thomas Bodmer
Neuübersetzung

*Maigret verliert eine Verehrerin*
Der 22. Fall
Deutsch von Hansjürgen Wille, Barbara Klau und Julia Becker
Grundlegend überarbeitete Übersetzung

*Maigret und das Dienstmädchen*
Der 25. Fall
Deutsch von Hansjürgen Wille, Barbara Klau und Bärbel Brands. Grundlegend überarbeitete Übersetzung

*Maigret und sein Toter*
Der 29. Fall
Deutsch von Hansjürgen Wille, Barbara Klau und Sophia Marzolff. Grundlegend überarbeitete Übersetzung
Mit einem Nachwort von Gert Heidenreich

*Maigrets erste Untersuchung*
Der 30. Fall
Deutsch von Hansjürgen Wille, Barbara Klau und Annette Walter
Grundlegend überarbeitete Übersetzung
Mit einem Nachwort von Hanjo Kesting

*Mein Freund Maigret*
Der 31. Fall
Deutsch von Hansjürgen Wille, Barbara Klau und Bärbel Brands
Grundlegend überarbeitete Übersetzung

*Maigret und die alte Dame*
Der 33. Fall
Deutsch von Hansjürgen Wille, Barbara Klau und Mirjam Madlung. Grundlegend überarbeitete Übersetzung

*Madame Maigrets Freundin*
Der 34. Fall
Deutsch von Hansjürgen Wille, Barbara Klau und Bärbel Brands
Grundlegend überarbeitete Übersetzung

*Maigrets Memoiren*
Der 35. Fall
Deutsch von Hansjürgen Wille, Barbara Klau und Bärbel Brands
Grundlegend überarbeitete Übersetzung

*Maigret und die Tänzerin*
Der 36. Fall
Deutsch von Hansjürgen Wille, Barbara Klau und Cornelia Künne. Grundlegend überarbeitete Übersetzung

*Maigret als möblierter Herr*
Der 37. Fall
Deutsch von Jean Raimond
und Julia Becker. Grundlegend
überarbeitete Übersetzung

*Maigret und die Bohnenstange*
Der 38. Fall
Deutsch von Gerhard Meier
Neuübersetzung

*Maigret, Lognon und die Gangster*
Der 39. Fall
Deutsch von Elisabeth Edl
und Wolfgang Matz
Neuübersetzung

*Maigret und der Mann auf der Bank*
Der 41. Fall
Deutsch von Hansjürgen Wille,
Barbara Klau und Mirjam
Madlung. Grundlegend
überarbeitete Übersetzung

*Maigret hat Angst*
Der 42. Fall
Deutsch von Hansjürgen Wille,
Barbara Klau und Bärbel Brands
Grundlegend überarbeitete
Übersetzung
Mit einem Nachwort von
Robert Schindel

*Maigret in der Schule*
Der 44. Fall
Roman
Deutsch von Elisabeth Edl
und Wolfgang Matz
Neuübersetzung
Mit einem Nachwort von
Wolfgang Matz

*Maigret und die junge Tote*
Der 45. Fall
Deutsch von Rainer Moritz
Neuübersetzung

*Maigret beim Minister*
Der 46. Fall
Deutsch von Hansjürgen Wille,
Barbara Klau und Julia Becker
Grundlegend überarbeitete
Übersetzung

*Maigret stellt eine Falle*
Der 48. Fall
Deutsch von Hansjürgen Wille,
Barbara Klau und Meike
Stegkemper. Grundlegend
überarbeitete Übersetzung

*Maigret amüsiert sich*
Der 50. Fall
Deutsch von Hansjürgen Wille,
Barbara Klau und Oliver
Ilan Schulz. Grundlegend
überarbeitete Übersetzung
Mit einem Nachwort von
Jean-Luc Bannalec

*Maigret auf Reisen*
Der 51. Fall
Deutsch von Hansjürgen Wille,
Barbara Klau und Claire
Schmartz. Grundlegend
überarbeitete Übersetzung

*Maigret und die alten Leute*
Der 56. Fall
Deutsch von Hansjürgen Wille,
Barbara Klau und Regina
Roßbach. Grundlegend
überarbeitete Übersetzung

*Maigret und der faule Dieb*
Maigrets 57. Fall
Deutsch von Hansjürgen Wille, Barbara Klau und Regina Roßbach. Grundlegend überarbeitete Übersetzung

*Maigret und die braven Leute*
Der 58. Fall
Deutsch von Hansjürgen Wille, Barbara Klau und Mirjam Madlung. Grundlegend überarbeitete Übersetzung

*Maigret und der Clochard*
Der 60. Fall
Deutsch von Hansjürgen Wille, Barbara Klau und Mirjam Madlung. Grundlegend überarbeitete Übersetzung

*Maigret und das Gespenst*
Der 62. Fall
Deutsch von Hansjürgen Wille, Barbara Klau und Julia Becker Grundlegend überarbeitete Übersetzung

*Maigret lässt sich Zeit*
Der 64. Fall
Deutsch von Hansjürgen Wille, Barbara Klau und Julia Becker Grundlegend überarbeitete Übersetzung

*Maigret in Künstlerkreisen*
Der 66. Fall
Deutsch von Hansjürgen Wille, Barbara Klau und Julia Becker Grundlegend überarbeitete Übersetzung

*Maigret in Kur*
Der 67. Fall
Deutsch von Hansjürgen Wille, Barbara Klau und Bärbel Brands Grundlegend überarbeitete Übersetzung

*Maigret zögert*
Der 68. Fall
Deutsch von Hansjürgen Wille, Barbara Klau und Astrid Roth Grundlegend überarbeitete Übersetzung

*Maigrets Jugendfreund*
Der 69. Fall
Deutsch von Hansjürgen Wille, Barbara Klau und Cornelia Künne. Grundlegend überarbeitete Übersetzung

*Maigret und der Messerstecher*
Der 70. Fall
Deutsch von Hansjürgen Wille, Barbara Klau und Cornelia Künne. Grundlegend überarbeitete Übersetzung

*Maigret und der Weinhändler*
Der 71. Fall
Deutsch von Hansjürgen Wille, Barbara Klau und Mirjam Madlung. Grundlegend überarbeitete Übersetzung

*Maigret und die verrückte Witwe*
Der 72. Fall
Deutsch von Hansjürgen Wille, Barbara Klau und Claire Schmartz. Grundlegend überarbeitete Übersetzung

*Maigret und der einsame Mann*
Der 73. Fall
Deutsch von Hansjürgen Wille, Barbara Klau und Bärbel Brands
Grundlegend überarbeitete Übersetzung

*Maigret und Stan der Killer*
Der 92. Fall
Deutsch von Hansjürgen Wille, Barbara Klau und Sina de Malafosse. Grundlegend überarbeitete Übersetzung
Mit einem Nachwort von Michael Rohrwasser

*Madame Maigrets Liebhaber*
Der 94. Fall
Deutsch von Hansjürgen Wille, Barbara Klau und Bärbel Brands
Grundlegend überarbeitete Übersetzung
Mit einem Nachwort von Daniel Kampa

*Maigret und die Aussage des Ministranten*
Der 99. Fall
Deutsch von Hansjürgen Wille, Barbara Klau und Bärbel Brands
Grundlegend überarbeitete Übersetzung
Mit einem Nachwort von Manfred Papst

*Maigret und Inspektor Griesgram*
Der 101. Fall
Deutsch von Hansjürgen Wille, Barbara Klau und Bärbel Brands
Grundlegend überarbeitete Übersetzung
Mit einem Nachwort von Jean Améry

*Weihnachten bei den Maigrets*
Der 103. Fall
Deutsch von Hansjürgen Wille, Barbara Klau und Bahar Avcilar
Grundlegend überarbeitete Übersetzung
Mit einem Nachwort von Dror Mishani

*Weitere Bände in Vorbereitung*